LiterArt

MOEWIG

Zum Buch

Der Vater des Ich-Erzählers hat 1887 seine Heimat Sizilien verlassen, um am Lago Maggiore als Zöllner zu arbeiten. Alle zwei bis drei Jahre kehrt er an seinen Geburtsort zurück, wo noch seine Verwandten und Freunde leben.
Nach dem Tod des Vaters beschließt der Sohn, selbst die Orte auf Sizilien aufzusuchen. Dabei entdeckt er, was sich alles verändert hat und was beim alten geblieben ist. Seine Kindheitserinnerungen werden mit der Realität konfrontiert.
Er trifft seinen Vetter Don Lorenzino wieder, der Dechant im Dorf Roccalimata ist. Er kämpft gegen die Weltanschauung eines anderen Vetters, welcher sich von der Kirche löste und Kommunist wurde. Und er begegnet auch dem Sohn des Baron Càccamo, der sich mit der Mafia beschäftigt.
In einer Aneinanderreihung von Anekdoten vermittelt Piero Chiara die Atmosphäre Siziliens auf eine liebevoll ironische Art und Weise.

Zum Autor

Piero Chiara wurde 1913 in Luino am Lago Maggiore geboren. Seine Eltern waren Sizilianer. Nach seinem Studium arbeitete Chiara in der Justizverwaltung. Im Laufe des Zweiten Weltkrieges mußte er in die Schweiz fliehen, wo er eine Anstellung als Lehrer fand. Erst nach dem Kriege begann er zu schreiben. 1945 veröffentlichte er Gedichte, 1950 Kurzgeschichten, später übersetzte er *Gongora.* Mit seinen Romanen gehört er dem Kreis der italienischen Autoren des Realismus an. Anfang 1987 starb Piero Chiara in seinem Haus in der Nähe des Comer Sees.

PIERO CHIARA

WIR SASSEN AUF STEINEN

MOEWIG

MOEWIG Band Nr. 2590
Verlag Arthur Moewig GmbH, Rastatt

Titel der Originalausgabe: CON LA FACCIA PER TERRA
Aus dem Italienischen von Dieter Schwarz

Umschlagentwurf und -gestaltung: Connection/Werner Rüb, Stuttgart
Umschlagmotiv: Pablo Picasso „Horta de Ebro“,
© VG Bild-Kunst, Bonn 1988
Verkaufspreis inkl. gesetzl. Mehrwertsteuer
Auslieferung in Österreich:
Pressegroßvertrieb Salzburg, Niederalm 300, A-5081 Anif
Printed in Germany 1988
Druck und Bindung: Ebner Ulm
ISBN 3-8118-2590-9

Erstes Kapitel

Nach Sizilien hätte ich nicht mehr fahren sollen. Es gibt doch so viele andere Gegenden, wo man seine Ferien verbringen kann, wie zum Beispiel Frankreich, Spanien, die Schweiz oder auch Venedig und die Landschaft um Trient. In meinem Alter ist es besser, einen Ort mit Heilquellen zu wählen, um sich zu entgiften und zu entspannen in solch einem Paradies für Leber und Darm, das auch dem neue Kräfte verleiht, der als gesetzter Mann hinfährt und zu Recht an den eigenen Organen interessiert ist.

Mein Vater versuchte, ohne mir andere Reiseziele einreden zu wollen, weil er in seinem Alter von über neunzig Jahren überhaupt gegen das Reisen war, mir von dem Gedanken einer Rückkehr nach Sizilien abzuraten, seiner Heimat, in die wir bis vor dreißig Jahren immer zusammen gefahren waren. Wenn er jetzt darauf verzichtete, die Schwestern und deren Kinder, und auch die Dörfer in der Heimat wiederzusehen, so war es nicht recht von mir, wenn ich die Leiden, die diese Heimfahrten, diese Ankünfte und Abschiede bereiteten, von neuem anfachen wollte. Aber in einem bestimmten Alter, das wahrscheinlich genau mein Alter ist, kommt die Versuchung, an die Stätten der Kindheit und Jugend zurückzukehren, wie auch die ehemaligen Soldaten zwanzig oder dreißig Jahre später wieder auf den Karst oder den Montello fahren und Frau und Kinder mitnehmen, um ihnen die Stellungen zu zeigen, wo sie einmal gekämpft hatten: »Hier«, sagen sie, »waren wir. Dort waren die Österreicher.« Aber die Kinder sehen nichts als Steine und ein bißchen Gras, sie langweilen sich und drängen, weiterzugehen. Der Veteran jedoch, der nach so langer Zeit zurückkommt, gesteht sich in einem bestimmten Augenblick ein, daß das eigentlich keine Rückkehr war.

Was gibt es besseres als die Erinnerung? An die Stationen seines vergangenen Lebens zurückzukehren, Bestätigungen zu suchen und die Vergangenheit zu beschwören, ist immer ein falscher Schritt. Man fügt den Erinnerungen nichts hinzu, man stört vielmehr die Arbeit des Gedächtnisses, man verwischt die schon klargewordenen Bilder, und man straft die reine Wahrheit des Erinnerten Lügen, das noch ganz lebendig sein kann. Aber vielleicht will man nur deshalb zurückkehren, um die Sache abzuschließen, mit der Vergangenheit aufzuräumen, sie noch einmal aufleben und dann in die Tiefe sinken zu lassen, damit sie sich endlich verliere. Mit der Rückkehr ist es so, daß wir für immer einen Stein über die Jahre wälzen, die nichts mehr mit uns zu tun haben. Jetzt, auf meiner Fahrt nach Sizilien, suchte ich ständig nach Ausreden, als hätte ich jemanden überzeugen müssen, daß ich eine Kur nötig habe, ein Heilmittel gegen irgendeine Krankheit, die sich ausgerechnet in diesem Frühjahr eingestellt hatte. Bei den alten Tanten, die nun schon dem Tode nahe waren, gab ich vor, Grüße überbringen zu müssen. Mein Vetter, der Dechant – auch er war schon betagt – verdiente ohnehin die Ehre eines Besuchs. Und schließlich, was hatte ich auf den Reisen mit meinem Vater von Sizilien schon gesehen? Messina und Catania. Aber nur auf der Durchreise: die Straßen und Plätze in der Nähe des Bahnhofs. Nicht Taormina, sondern nur das Dorf, das darunter liegt: Giardini; nicht Agrigent, Syracus, Selinunt, Segesta, alles berühmte Orte, aber außerhalb unserer Reiseroute, die einige Male Palermo mit einschloß, wo wir am Abend eintrafen, um sogleich mit dem Postschiff weiterzufahren und am Morgen darauf in Neapel zu sein, also schon auf dem halben Weg nach Hause.

Ausreden fehlten mir nicht, wie sie demjenigen nie fehlen, der etwas gegen die Meinung eines anderen durchsetzen will. Ich konnte schließlich mit gutem Grund behaupten, daß ich obgleich in der Lombardei geboren, von dort unten stammte, aus einer Art kleinem Geschwür, das nur auf wenigen Landkarten zu finden ist und aus dem mein Erzeuger wie aus der Öffnung eines Termitenbaus hervorgegangen war.

Die Ansicht meines Vaters, es lohne die Mühe nicht, nach so vielen Jahren und ohne ihn zurückzukehren, hatte gute Gründe. Wenn ich allein fuhr, mußte es so aussehen, als wolle ich deutlich seine Unfähigkeit hervorheben, die Reise zu ertragen, seine Schwäche oder seine Unlust, während er doch, wenn er es gekonnt hätte, vor seinem Tode sicher noch einmal gefahren wäre, obgleich sein Gesicht, allein wenn der Name seines Dorfes fiel, Widerwillen ausdrückte. Eigentlich war es nicht Widerwillen, sondern es schien zu sagen, daß er mit Freuden verzichte. Das gleiche Gesicht schnitt er, wenn ihm jemand wegen seines vorgeschrittenen Alters Komplimente machte. Er war so weit, daß er von seiner Langlebigkeit nicht mehr sprechen hören konnte, da sie ihm als Last erschien, mehr eine Strafe als eine Gnade. So wollte er auch nicht von seiner Heimat erzählen hören, die viel zu weit weg lag, und nicht von seinen Schwestern, die nie das Dorf verlassen hatten und ihn immer noch wie einen Messias erwarteten, selbst in diesem Alter.

Sizilien habe ich, ungezeugt, sozusagen als einziger Besitz meines Vaters mit ihm im Jahre 1887 verlassen. Er wurde damals Rekrut in der Landschaft Marken und begann die Luft des Kontinents zu kosten, die er für so gut befand, daß er, als er den Militärdienst beendet hatte, nicht mehr auf seine Insel zurückfuhr. Viele Jahre lebte er in Neapel, dann weitere Jahre in Rom, und schließlich wanderte er wie ein Aal in den Norden hinauf, bis er mich schließlich an den Ufern des Lago Maggiore zeugte.

Er war schon hübsch herumgekommen, bevor er sich eine Frau nahm; in Marken hatte er angefangen und war dann nach Eritrea gegangen, wo er 1888 im Krieg gegen Menelik gestanden hatte. Zum Lago Maggiore kam er vierzigjährig, und nach einer langen Zeit der Eingewöhnung heiratete er dort. Er hatte den Zielort seines Lebens erreicht. Seine Alten waren tot, und seine Schwestern, die in Sizilien geblieben waren, hatten geheiratet. Man brauchte ihn da unten nicht mehr, und er konnte sich ganz der neuen Familie widmen.

Dennoch begann er einige Zeit später aus Treue zu

seinem armen Dorf und zu seinen armen Verwandten, alle zwei oder drei Jahre nach Hause zu fahren, um die Schwestern und die Neffen wiederzusehen; und sobald ich alt genug war, daß ich ihn begleiten konnte, unterließ er es nie, mich mitzunehmen. Er wolle etwas für meine Bildung tun, sagte er, und mir Italien zeigen. Aber in Wahrheit nahm er mich mit wie einen schönen Kauf, den er auf dem Kontinent gemacht, oder wie einen glücklichen Gewinn, den er erzielt hatte und den er dem Dorf zeigen wollte. Er fuhr nach Sizilien seiner Verwandten wegen, aber auch, weil er Rom und Neapel – die Orte seiner Jugend – und Giardini wiedersehen wollte, wo er während seines Militärdienstes Bekanntschaften geschlossen hatte.

In Stadt und Land, überall hatte er Freunde, und auf seinen Reisen suchte er mehr als die Erinnerungen die Überreste der schönen alten Zeiten, in denen er das Leben genossen hatte, suchte das, was er noch davon zusammenbringen konnte, bevor er sich zur Ruhe setzen würde, wie er es sich für die Zeit nach dem sechzigsten Geburtstag vorgenommen hatte.

Die Arbeit meines Vaters beim Zoll erlaubte ihm, sich das ganze Jahr über auszuruhen; und im Sommer, wenn die Urlaubszeit kam, war es ihm nicht zu beschwerlich, sich den Strapazen einer damals mörderischen Reise auszusetzen, der Hitze, den Unbequemlichkeiten, den unendlichen Unannehmlichkeiten, die dessen harrten, der sich auf die Eisenbahn setzte und vom Fuß der Alpen ins ›Land der Pipenfäßchen‹ fuhr, wie meine Mutter Sizilien nannte, voll Ärger über die Anhänglichkeit ihres Mannes an dieses verdammte

Land. Der Meinung meines Vaters nach waren die Monate Juli und August die ideale Zeit für eine Reise nach Sizilien, und wirklich waren weder Sonne noch größte Hitze imstande, ihn zu zwingen, Jacke, Weste und Hut, die hohen Schuhe, Kragen und Krawatte abzulegen.

In diesem Aufzug und mit einem Koffer in jeder Hand begab er sich mit mir auf die Reise in seine Heimat. Als Angestellter beim Zoll hatte er für sich und die Familie jährlich das Anrecht auf einen Freifahrtschein. Das war auch das schlagende Argument gegen die Einwände meiner Mutter, die überall Gefahren und Kosten erblickte, besonders beim Reisen. »Von der schweizerischen Grenze bis zur Spitze des Stiefels«, sagte er, »verlangt von mir niemand mehr etwas für die Fahrkarte.« Und er löste sie bis Trapani, obwohl er wußte, daß er über Palermo nicht hinausfahren und auf die übrige Strecke verzichten würde. Leid tat ihm nur, daß er nicht zehn Kinder hatte, um den Staatlichen Eisenbahnen eine noch größere Last und höhere Unkosten aufhalsen zu können.

Auf der Fahrt erregte es seinen Zorn, wenn der Kontrolleur nicht nach den Bescheinigungen fragte, sondern einfach die Fahrkarte lochte. Er wollte gern zeigen, daß alles seine Richtigkeit hatte, und außerdem auch, daß er dem Finanzministerium unterstand, dem das Transportministerium gratis Plätze auf den Zügen zur Verfügung stellen mußte.

Wir fuhren immer nachmittags ab und kamen mitten in der Nacht durch Bologna. Dann kreuzten wir den Appenin in den Tunneln der Porretta, und am Nachmittag oder gegen Abend waren wir in Rom, der ersten Station. Hier besuchte mein Vater stets seinen Freund und Landsmann Giuseppe Favagrossa, einen Angestellten des Finanzministeriums, der uns zum Schlafen in seine Wohnung aufnahm; sie lag auf die Porta Pia zu in einem Wohnblock, der für die Angestellten des Ministeriums gebaut worden war.

Favagrossa war ein Mann um die sechzig, mittelgroß, hatte aber dermaßen kurze Beine, daß er Jacken tragen mußte, die so lang wie ein Gehrock waren, damit sie das Gesäß bedeckten. Er sah wie ein Musikinstrument aus, wie ein Althorn, eine Baßposaune oder irgend etwas anderes ohne Beine, wie zum Beispiel ein Gasometer. Auf seiner Nase und den Wangen schimmerten blaue und purpurne Äderchen, und auf der Lippe wuchsen ihm einzelne dicke Haare wie bei alten Leuten.

Er sprach verächtlich von Sizilien und sagte, daß er unter gar keinen Umständen zurückkehren und in seiner Heimat leben wolle, besonders weil er ohne sein Morgenbad nicht existieren könne.

Mein Vater behauptete, Favagrossa sei sehr intelligent und gebildet, wodurch er immer wieder mit dem Minister in Berührung komme. Im Laufe der Jahre zeigte er mir von Zeit zu Zeit die Briefe mit seiner schönen Handschrift, die er aus Rom erhielt und die auf der Rückseite der Umschläge einen langen, blau gedruckten Text trugen.

Favagrossa war Junggeselle und wurde zu Hause von einer jungen Bergbäuerin aus den Abruzzen bedient, die schwarz wie ein Türke war, jeden duzte und einen so üppigen Busen hatte, daß ich sie eines Tages, als wir allein waren, fragte, ob sie etwa Amme sei. Sie antwortete, um Amme zu sein, müßte sie ein Kind haben, sie sei aber noch Jungfrau. Als sie dann merkte, wie ich sie von vorn und hinten betrachtete, sagte sie, in ihrer Heimat sei man eben nicht flach wie ein Brett. Ermutigt versuchte ich, die Hand nach ihr auszustrecken. Aber sie gab mir einen Klaps auf den Arm, drehte mir den Rücken zu und trällerte: »Das könnte dir so passen! Hier bin ich nur für Favagrossa da!«

Ich war damals ungefähr fünfzehn und reiste bereits das dritte oder vierte Mal nach Sizilien.

Favagrossa zeigte uns jedes Jahr ein anderes kleines Stück von Rom. Er war Mitglied einer Gesellschaft von Denkmalfreunden und kannte alle Antiken. Er zeigte uns die Bresche der Porta Pia, den Trevibrunnen, das Pantheon, das Naturdenkmal Viktor Emanuels, von dem er genau sagen konnte, wieviel Kilogramm Gold nötig gewesen waren, das Reiterstandbild des Königs zu vergolden, und den Palazzo Venezia, in dem der Duce saß.

Als wir am Palazzo Venezia mitten auf dem Platz standen, nachdem uns die Wachen vom Eingang vertrieben hatten, imitierte er mit seinem Mund einen lauten Furz.

»Du hast nichts gehört«, sagte er dann zu mir und suchte mit einem Blick das Einverständnis meines Vaters.

Ein zweites Furzgeräusch ließ er mit noch größerer Beherztheit vor dem Vatikan ertönen, ganz in der Nähe von ein paar Gendarmen.

»Mach dir nichts daraus, wenn Favagrossa so etwas

macht«, erklärte mein Vater, sobald der Freund zum Ministerium gegangen war, »er ist schon immer ein Freimaurer gewesen.«

»Was ist das, ein Freimaurer?«

»Das ist so etwas wie ein Anarchist, bloß mit dem Unterschied, daß die Anarchisten schießen, wie 1900 in Monza, als ein Anarchist Umberto I. mit einem Revolverschuß tötete. Die Freimaurer sind auch gegen den Papst und die Regierung, aber sie spotten nur. Und brave Leute sind das, auch wenn Musolino sie verboten hat.«

Musolino nannte er den Duce, ohne ihn beleidigen zu wollen, sondern nur, weil das für ihn bequemer auszusprechen war oder weil ihm dieser Name noch aus der Zeit, als der Räuber Musolino flüchtete, geläufig war. Zwischen den vier oder fünf Büchern, die er in einem Koffer aufbewahrte, war auch wirklich eines mit dem Titel: ›Giuseppe Musolino – Räuber aus Rache. Verbrechen, Liebesaffären, Prozeß und Verurteilung‹.

Wer weiß, wohin uns Favagrossa in seinem Hang, uns die seltneren Sehenswürdigkeiten der Hauptstadt zu zeigen, geschleppt hätte. Einmal erklärte er meinem Vater – er versuchte dabei, sich unverständlich für mich auszudrücken – die obszöne Bedeutung einer der Statuen, die um den Esedrabrunnen herumstehen. Ein andermal, in den Gärten des Vatikans, wies er uns auf einen dicken halben Pinienzapfen hin, der in einer Nische innerhalb des Hofes steht, der der Pinienhof genannt wird, und flüsterte meinem Vater etwas ins Ohr.

»Die andere Hälfte des Pinienzapfens«, sagte er dann laut, »dient als Becken im Taufstein von Sankt Peter.«

Viele Jahre später erst kam ich dahinter, daß dieser Pinienzapfen, als er noch in einem Stück war, auf dem Grabmal eines Lieblingsknaben, mir scheint, des Kaisers Hadrian stand.

Favagrossa kannte die Geheimnisse Roms so gut, daß es ihm nicht schwerfiel, uns die Gelegenheit eines Besuchs beim Papst zu verschaffen; das war damals Ratti.

Wie es uns der Freund eingeschärft hatte, gingen wir früh am Morgen auf den Petersplatz, um uns einer Pilgerschar von Leuten aus dem Sabinerland anzuschließen.

Wir begannen, breite Treppen hinaufzusteigen, jede Viertelstunde eine Stufe, so groß war die Menge der Pilger. Immer einen kleinen Schritt nach dem anderen durchquerten wir riesenhafte Säle, eingequetscht zwischen das Landvolk, das dem Papst Fäßchen mit Wein, Obstgebinde und goldgestickte Meßgewänder als Geschenke mitbrachte.

Wahrscheinlich waren wir zu einer ungünstigen Zeit gekommen, denn um acht an jenem Morgen waren wir durch das Portal eingetreten, um ein Uhr mittags drängten wir uns immer noch durch die Säle. Dann und wann fiel eine Frau infolge der großen Hitze in Ohnmacht und wurde nach draußen geschafft, indem man sie von Hand zu Hand über den Köpfen der Pilger weiterreichte – denn einen Gang durch die Menge zu bahnen, war jetzt unmöglich.

Wir wurden hungrig, und die Obstgebinde wurden auseinandergerissen und mit Heißhunger von denen verspeist, die am nächsten bei den Überbringern standen. Danach meldete sich der Durst, und die Fäßchen wurden hochgehoben und leergesogen wie die Zitzen der Wölfin von Romulus und Remus.

»Aber was bleibt für den Papst?« fragte sich ärgerlich mein Vater und wischte sich die Lippen ab, nachdem auch er seinen Mund an ein Fäßchen gesetzt hatte. »Was wird der Papst sagen!«

Mit einer letzten Reihe von Püffen wurde die Pilgerschar in einen riesengroßen Saal gedrängt, der mit Holzbarrieren so abgeteilt war, daß in der Mitte ein Durchgang frei blieb. In der Tiefe des Saales stand, von einem Geländer umgeben, ein Thron, zu dem mit rotem Stoff ausgelegte Stufen hinaufführten. Dort sollte der Papst sitzen.

Am Saaleingang schlug jemand falschen Alarm: »Der Papst! Der Papst!« Alle klatschten in die Hände, aber der Papst erschien nicht. Gelegentlich schritten auf dem Gang zwei Wachen mit Hellebarden vorüber, kam ein Monsignore oder ein Diener vorbei, und hin und wieder gab es neuen Alarm: »Der Papst, der Papst!« Doch nichts geschah.

Als niemand mehr Kraft zum Rufen hatte und die Bauern, beschämt, nicht mehr in die Hände klatschten, wurde plötzlich der Papst auf einem Sessel von Männern in Livree auf den Schultern hereingetragen. Er kam durch den Gang zwischen den beiden Holzbarrieren und erteilte nach rechts und links mit den Fingern den Segen. Er war sehr klein, sah ernst aus, trug eine goldene Brille und war ganz in Weiß gekleidet. Dann setzte er sich – zwei Kardinäle standen ihm zur Seite – auf den Thron in der Tiefe des Saales und begann mit einer Rede:

»Liebe Kinder, die Ihr zu dem alten Vater, der in Rom wohnt, auf Besuch gekommen seid . . .« Die Leute hatten Hunger und waren fast ohnmächtig vor Hitze. Es war mittlerweile drei Uhr nachmittags, und die, die in der Nähe des Ausgangs standen, und den Papst ohnehin als erste gesehen hatten, nun aber nicht mehr sahen, begannen nach und nach, sich davonzustehlen und zogen, wie in einem Netz, alle anderen hinterher. Wir bemerkten plötzlich, daß wir nahezu als einzige geblieben waren. Der Papst indes, der zwergenklein war und durch die zwei roten Stufen wenig erhöht saß, hatte nicht bemerkt, daß sich der Saal langsam leerte, und fuhr zu reden fort:

»Liebe Kinder, die Ihr so treu aus dem Sabinerland gekommen seid . . .«

Auch wir waren dem Umfallen nahe; und weil wir keine richtigen Pilger waren, glaubten wir, ebenfalls weggehen zu dürfen. Aber wir hatten nicht den Mut, dem Papst den Rücken zuzudrehen, der sich beim Reden auch ausgerechnet nach unserer Seite wandte, uns ›Leute vom Lande‹ nannte, uns zu unserer Frömmigkeit und Ergebenheit beglückwünschte und empfahl, den Glauben zu erneuern und hochzuhalten.

Schließlich beugte sich einer der Kardinäle zum Ohr des Papstes und sagte etwas, wobei er in den Saal schaute. Sofort brach der Papst die Rede ab und zog sich mit seinem Gefolge durch eine Tür im Hintergrund zurück.

Zusammen mit etwa fünfzig Sabinern, die geblieben waren, liefen wir schnell zum Ausgang, wo uns die Wachen böse ansahen.

Aber mit Favagrossas Hilfe hatten wir nun auch den Papst erlebt: das war eines der Schauspiele, die man sehen konnte, wenn man nach Sizilien fuhr, unserem Ziel.

Favagrossa hörte nicht auf, uns von der Reise abzuraten:

»Was wollt ihr denn da unten? Verlebt doch mal schöne Ferien hier in Rom, wo wir Kunstschätze haben, die Antiken, Theater, Unterhaltung. Warum wollt ihr euch von Fliegen und Verwandten auffressen lassen, vor Hitze umkommen, miserabel essen und in Ställen schlafen?«

Mein Vater wagte nicht, dem zu widersprechen, aber er hatte die Absicht, noch woanders Station zu machen, und gestand Rom nur die Zeit zu, die man seiner Meinung nach Rom zugestehen durfte.

Zweites Kapitel

Nach zwei oder drei Tagen ging die Reise weiter nach Neapel, wo mein Vater im Alter zwischen fünfundzwanzig und vierzig die schönste Zeit seines Lebens verbracht hatte. Er war Inspektor beim Zoll gewesen – damals in der Hand von sizilianischen Gangstern – und hatte sich auf seinem Posten nur deshalb behauptet, weil er seine Nase auch in Dinge steckte, die fast unmittelbar mit der Unterwelt zu tun hatten. Das waren die Jahre von Pepito, von Donnarumma, von Maldacea und des Cuocoloprozesses mit Ericone und Abbatemaggio. Zu Hause am Lago Maggiore verwahrte er in seinem Koffer die Reliquien jener Welt: Stapel von Liedern, alte Zeitungen, Briefe, Ansichtskarten, Noten, Fotografien, Gitarrensaiten, ein paar Bücher und eine schwarze Lötbrille, die er bei einem Vesuvausbruch getragen hatte, dem ein Aschenregen gefolgt war. Die Schlängelpfade von Borgo Loreto, der Vicaria und von Carmine bargen keine Geheimnisse für ihn. Und wenn er mit mir nach so vielen Jahren wieder durch Neapel kam, dann ging er von Ort zu Ort und von Haus zu Haus, um die Spuren seiner Jugend zu verfolgen.

Wir besuchten einen Barbier, der Musiker war; einen Wirt, dessen Gastwirtschaft in einem Gewölbe lag, das voller Fässer stand und wo Bündel roter Pfefferschoten an den Wänden hingen; einen Spediteur, der in der Nähe der Magdalenenbrücke wohnte und noch ein paar andere Familien. Eine von ihnen, die in einem Haus ohne Licht in der Nähe der Kirche von San Domenico Maggiore wohnte, behielt uns zum Schlafen da. Diese Familie bestand nur aus Frauen: zwei unverheiratete Tanten, der Mutter und drei Töchtern. Der Vater, Evaristo, der beste Freund meines Vaters, war schon lange tot, und ich kannte ihn nur von einer Fotografie, auf der er mit meinem Vater zu sehen war: die beiden Freunde blickten auf den Fotografen, drückten sich die rechte Hand und hatten die linke auf die Schulter des anderen gelegt.

Evaristos Töchter, die alle drei einander glichen und sehr blaß waren, rochen, wenn sie beisammenstanden, stark nach schmutziger Wäsche. Sie hatten nie das Meer gesehen; und als ich mich darüber wunderte, zuckten sie lächelnd die Achseln. Sie waren ungefähr in meinem Alter und hatten schwarze Zöpfe und die erloschenen Augen von Waisenkindern.

Jedes Mal, wenn ich auf der Reise nach Sizilien wieder in ihr Haus kam, fragte ich sie, ob sie inzwischen das Meer gesehen hätten. Sie zuckten die Schultern und lächelten müde.

»Noch nicht«, sagte eine für alle.

Kaum bewegten sie sich, so entströmte ihren weißlichen Kleidern dieser Geruch, der durch ein Vanilleparfum etwas überdeckt wurde. Sie mußten wohl schwindsüchtig sein, denn gegen Abend hatten sie ganz feurige Gesichter.

Auf den letzten Reisen hatte ich mir während der

langen Stunden der Bahnfahrt überlegt, wie ich einen Annäherungsversuch bei der ältesten unternehmen könnte, bei Jolanda, die wohl die beste Figur von den dreien hatte und mir immer geneigt war.

Einmal war mein Vater weggegangen, um andere Bekannte zu besuchen, da nutzte ich die Gelegenheit, als sie mich in ein Zimmer mitnahm, um mir ihre Krippenfiguren zu zeigen. Wir waren allein, und ich stand hinter ihr. Gebückt kramte sie nach den Figürchen, die sie in einer Schachtel aufbewahrte. Margarinefarben leuchtete mir aus dem Ausschnitt ihres Kleides ihr Hals entgegen, über den schwarze Zöpfe herunterhingen. Als sie sich wieder aufrichtete, nahm ich sie, bevor sie sich umdrehte, bei den Schultern und drückte sie an mich, bis ich den Scheitel doppelt sah, der ihr Haar auf dem Hinterkopf teilte.

Sie blieb unbeweglich stehen, als wenn sie auf irgend etwas lauschte. Ihre Schulterblätter berührten meine Brust, und unten, unter dem Kleid, das an der Taille in Falten gelegt war, preßte sich mir eine Stelle mit unvermuteter Härte in den Bauch.

Ich vergaß, sie auf den Hals zu küssen, wie ich es mir in der Eisenbahn vorgenommen hatte, nahm nur mit geschlossenen Augen all diese Eindrücke in mich auf und atmete den süßlichen Geruch ihres Haares ein. So benommen machte mich diese Berührung, daß man mir hätte ein Ohr abschneiden können, ohne daß ich davon etwas gemerkt hätte.

Dann kam ich wieder zu mir, und das Mädchen drehte sich um. Es hatte den Kopf geneigt und hielt mit zitternden Händen in Brusthöhe die Figur eines liegenden Schafes. Ich wußte nicht, wo ich die Hände lassen sollte, und berührte die Figur, als wollte ich sie begutachten, aber auch, um unterdessen etwas näher an ihren Busen zu kommen, der sich mir, wie ich glaubte, entgegengestreckt hatte. Mit niedergeschlagenen Augen und einem schmerzlichen Zug um den Mund schaute das Mädchen auf ihn hinab.

Die Figur fiel zu Boden, als sie die Hände öffnete und ausbreitete. ›Hier bin ich‹, schien sie zu sagen. Aber mein Mut war erschöpft. Ich hatte nur noch Angst, ich könnte das Gipsschaf zertreten, und bückte mich, um es wieder aufzuheben.

Während ich verwirrt zwischen ihren Füßen herumsuchte, bewegte sich das Mädchen und schwenkte das weiße Kleid, möglicherweise um mir die Suche zu erleichtern; und ich, auf den Knien, fand mich plötzlich für einen Augenblick unter der Wölbung ihrer Röcke. Ein schwerer Duft, wie der von Tuberosen, umhüllte und betäubte mich. Blindlings fand ich die Figur, stand auf und murmelte:

»Ein Glück, daß sie nicht kaputt gegangen ist!«

Als ich sie ihr zurückgab, sagte sie, das Schaf sei aus weichem Brot und sie habe es eigenhändig geknetet.

Es mußte sie ganz aus der Fassung gebracht haben, daß ich sie erst angefaßt hatte und dann plötzlich verlegen geworden war; denn sie sah mich so müde und verwirrt an, daß ich sie nicht mehr zu berühren wagte. Im selben Augenblick hörten wir die monotonen Stimmen der Schwestern. Jolanda ging ihnen entgegen, und ich tat so, als bestaune ich die Figuren in der Schachtel.

Nach dieser Begebenheit betrachtete sich das Mädchen als meine Verlobte und wartete viele Jahre auf mich.

Aber das war das letzte Mal, daß wir nach Neapel kamen. Meine Mutter protestierte immer nachdrücklicher gegen diese Reisen, und außerdem hatte inzwischen der Präfekt Mori sein Amt angetreten und versuchte, der Mafia Herr zu werden. Das brachte einige meiner nächsten Verwandten ins Zuchthaus und vertrieb meinen Vater für immer aus Sizilien.

In Neapel fuhren wir gegen Abend ab; mein Vater, der die ganze Reise über guten Appetit hatte, während ich das Essen fast nicht anrührte, versorgte sich mit Verpflegung für die Nachtfahrt durch Kalabrien.

Kaum waren wir auf dem Bahnhof, so nahm er die Koffer fest in die Hand, drückte sich den zerbeulten Hut auf den Kopf und eroberte zwei Sitzplätze. Vom Abteilfenster aus mietete er dann ein Kopfkissen für mich und bereitete sich vor, die ganze Nacht über beim Rattern des Zuges still zu wachen.

Sobald wir aus Neapel hinausgefahren waren, schlief ich auf der Holzbank dritter Klasse ein und erwachte erst wieder in Villa S. Giovanni, als die Sonne schon hoch am Himmel stand.

Einmal wurde ich morgens von einem ungewöhnlichen Tumult geweckt, wir hielten gerade an einem öden, verlassenen Strand. Die Eisenbahner waren in einen Streik getreten, stiegen aus dem Zug und gingen zu Fuß in ein Dorf in der Nähe.

Mein Vater vertraute unsere Koffer einem Mitreisenden an und ging mit mir zum Strand hinunter, nicht wie die anderen landeinwärts. Er aß von einer Opuntienhecke die Hälfte der Feigen ab, die vom Tau noch kühl waren, und stürzte sich dann in Unterhosen ins Meer, um zu schwimmen. Nach einem großen Bogen kam er ans Ufer zurück, wo auch ich badete, und verzehrte mit Genuß die restlichen Kaktusfeigen; dabei saß er mit nacktem Oberkörper im Sand, schön eingeschnürt in seine engen Leinenunterhosen, die ihm bis zu den Füßen gingen und vom Meerwasser durchnäßt waren.

Er war noch nicht trocken, da kamen die Eisenbahner zurück. Der Zug setzte sich unter der heißen Sonne wieder in Bewegung, und mein Vater labte sich bis Villa San Giovanni an der Kühle seiner nassen Hosen.

In Sizilien machten wir die erste Station in Giardini-Taormina. Da hatte ein anderer Freund meines Vaters gelebt, Antonio Fichera, und er fühlte sich verpflichtet, die Witwe und die Töchter aufzusuchen.

Sein Freund hatte ihn damals, als er dort an der Küste stationiert war, zur Taufe einer Tochter eingeladen, und so war er Pate bei Ficheras geworden. Zu jener Zeit bewachten Truppen die Eisenbahnlinien, und er hatte die Aufgabe, jede Nacht mit einem Kameraden an der Strecke von Giardini nach Letojanni auf Patrouille zu gehen. Auf der Streife gingen sie durch einen langen Tunnel und kehrten auf demselben Wege wieder zurück, nachdem sie mit einer anderen Patrouille die Parole gewechselt hatten.

Anstatt nun die letzten Stunden der Nacht am Meer Wache zu halten, legten sich mein Vater und sein Kamerad im Einverständnis mit dem Wartesaalbeamten des Bahnhofs in einen Waggon zweiter Klasse, der auf einem Abstellgleis stand, und schliefen bis zum Morgen.

Kaum war er wach, so ging er zu Ficheras und verbrachte den Tag damit, Gitarre und Mandoline spielen zu lernen. Er freundete sich so mit der Familie an, daß sie ihn als Paten aussuchten und er ihnen lieb wurde wie ein Verwandter.

Nach Taormina (oder besser Giardini, denn Taormina, das oben auf dem Berg liegt, habe ich nie gesehen) machten wir in Catania halt, weil wir dort umsteigen mußten und weil mein Vater essen wollte. Dann setzten wir die Reise fort, und zwar zum Zentrum der Insel.

Wir fuhren durch öde Talebenen, wo die Bahnstationen, weitab von den Dörfern, ärmliche, einsame Häuschen waren, deren Fenster man mit Gazedraht gegen Mücken bespannt hatte.

Unsere Verwandten waren schon seit einem Monat von unserem Kommen unterrichtet und erwarteten uns mit Maultieren am Bahnhof von Roccalimata. Für mich hatten sie eine gesattelte Stute mitgebracht. Und da endlich begann für mich das Vergnügen nach der einschläfernden Reise. Das Gebirge, so weit das Auge reichte, die steinigen Einöden, auf denen das Getreide gemäht war, die dürren Mandelhaine auf dem Rücken des einen und anderen Hügels, alles das würde ich durchstreifen.

Wie ein Knappe lief mein Vetter Biagio überall hinter mit her. Er war zehn Jahre älter als ich und tat immer so, als habe auch er sein Vergnügen an den Ausflügen, in Wirklichkeit kam er aber nur mit, um mich zu beschützen und mir zu helfen, falls ich in Gefahr geriete. Ich hantierte mit Waffen, lernte, mich von der

Stute herabzuschwingen, und setzte mich, stets unter Biagios wachsamem Blick, über die allgemeinen Bräuche und Dorfsitten hinweg, doch er tadelte mich nie. Nur einmal, als ich sein Maultier ›gehörnt‹ nannte, verbesserte er mich: »Nein«, sagte er, »dieses Wort darfst du nie sagen, auch nicht zum Scherz, nicht einmal zu einem Maultier.«

Biagio hatte etwas von einem Mongolen, war klein von Gestalt, blickte stolz über die Äcker hin, über die er sicher schritt, und fand dabei immer die Pfade, die zu den Pässen zum Meer oder hinein ins Innere der Insel führten. Mir kam es seltsam vor, daß er nicht Bandit oder Mafiamitglied geworden war, statt dessen arbeitete er mit Ausdauer das ganze Jahr über und machte nur Ferien, wenn wir vom Festland kamen, und dann auch nur zu dem Zweck, um als Leibwache in meiner Nähe zu sein.

Meine Onkel und Vettern nahmen mich auf weite Ritte bis zu den entferntesten Höfen mit und ließen mich wie einen Kundschafter hin und her streifen. Wir alle zusammen – die Großen mit umgehängtem Gewehr – sahen wie eine Beduinenkarawane in der Wüste aus.

Das waren tagelange Reisen mit nur wenigen Unterbrechungen auf den Höfen am Wege, wo man uns Wein und Käse anbot, oder im weiten Land bei der Hütte eines Schäfers, der die Vorüberkommenden nach alter Sitte mit großen Portionen Molkequark stärkte.

Auf einem Ausflug – mein Vater war mitgekommen – saßen wir auf Steinen und aßen Quark, da erzählte er von einem Vorfall aus der Zeit, als er noch mit meinem Großvater im Land umhergestreift war.

Eines Morgens, als sie nicht weit vom Dorf zu einem kurzen Spaziergang aufgebrochen waren und sein Vater nicht einmal das Gewehr mitgenommen hatte, wie es die feste Gewohnheit eines jeden war, der den Ort verließ, stießen sie auf einen dieser guten Hirten (er nickte jetzt zu dem hinüber, den wir vor uns hatten) und machten zwischen der Herde halt, in der sicheren Annahme, ihren Hunger mit Quark stillen zu können. Der Hirt erfüllte seine Pflicht aber nur sehr schlecht, denn er brachte bloß zwei Löffel voll Quark herbei, also so viel wie für ein Vögelchen. Mein Großvater machte keine langen Worte. Er schob dem Sohn seinen Anteil hinüber und verabschiedete sich von dem Hirten. Dann kehrte er ins Dorf zurück, ging ins Haus, hängte sich das Gewehr um und machte sich wieder auf den Weg. Den Jungen schleppte er dabei immer hinter sich her. Nach langer Wanderung erspähte er den Schäfer, der weiter zum Gebirge hin gezogen war. Er trat, als wäre er ihm zuvor nie begegnet, an ihn heran, grüßte, setzte sich, das Gewehr zwischen den Beinen, und wartete auf den Käse. Der Mann ging in seine Strohhütte und kam mit einer Pfanne heraus, die mindestens zehnmal so viel Quark enthielt, wie er uns am Morgen gegeben hatte.

»Siehst du den Quark?« sagte mein Großvater und wandte sich seinem Sohn zu. »Eine ganze Menge, was? Aber der Schäfer bringt ihn nicht für uns. Er bringt ihn diesem Freund hier.«

Dabei klopfte er mit dem Zeigefinger gegen die Läufe seiner Doppelflinte, die er zwischen den Beinen hielt.

Mit seiner Geschichte wollte mein Vater sagen, daß damals der unbewaffnete Mann nichts galt. Aber die Zeiten hatten sich, was das betraf, nicht geändert.

Zu einem Hof, auf dem Onkel Tano Verwalter war, kamen oft Banditen, um dort die Nacht zu verbringen. Ich durfte ihre Gewehre in die Hand nehmen und mußte ihnen vom Festland erzählen und von den Städten im Norden. Dabei konnte ich dann alles mögliche auftischen, ohne fürchten zu müssen, keinen Glauben zu finden; und ich nutzte das aus, um mich ein bißchen aufzuspielen. Den Mailänder Dom machte ich fünfmal größer als er ist, verlängerte den Lago Maggiore um das doppelte und erhob die Gipfel der Alpen zu der Höhe des Himalaja.

Sie waren gute, leichtgläubige Banditen, fast alles Bauern. Nach Ehrenhändeln oder Racheakten, die sie aus Pflicht ihrer Familie gegenüber hatten auf sich nehmen müssen, waren sie auf der Flucht.

Einige Jahre später, als der Präfekt Mori nach Sizilien gekommen war, sollten sie alle auf den Verbannungsinseln enden oder in den Feuergefechten mit den Carabinieri.

Mein Onkel und mein Vetter Biagio entgingen wie durch ein Wunder dem Gefängnis. Sie wurden zwar eines Mordes angeklagt, der sieben Jahre vorher in der Nähe des Hofes verübt worden war, auf dem sie arbeiteten, nach zwanzig Monaten Untersuchungshaft wurden sie aber freigesprochen. Onkel Tano starb ein Jahr nach der Entlassung.

Drittes Kapitel

Ein paar Monate führten wir dieses Leben, dann fuhren wir etappenweise heim zum Lago Maggiore, wo uns meine Mutter ängstlich erwartete. Sie konnte diese Reisen nicht verhindern, und wenn sie uns abfahren sah, schlug ihr das Herz im Halse. Sobald mein Vater neben den gepackten Koffern stand, sich den Ledergurt umschnallte, der seinen Smith & Wesson hielt, und die Jacke zuknöpfte, weinte meine Mutter still vor sich hin.

Wir aber fuhren unbesorgt ab. Er fühlte sich durch seinen Revolver sicher, und ich durch seine Gelassenheit und seinen großen Appetit, der für mich ein Zeichen von Stärke und eine Garantie dafür war, daß die Reise gut ausging.

Eines Nachts hielten auf dem Apennin Räuber, die in Bologna zugestiegen waren, den Zug auf freier Strecke an und warfen alle Koffer der Reisenden aus den Abteilfenstern ihren Komplizen zu, die sie am Fuß der Böschung in Empfang nahmen. Nur unsere nicht, in denen ein bißchen Wäsche war, der Wein, die Eierkuchen, die Fleischklopse und die Brote und Würste, die mein Vater für sich mitgenommen hatte. Er schloß das Fenster, zog den Vorhang zu und stellte sich, die Hände in den Hosentaschen, einen Schritt von der Tür unseres Abteils entfernt hin, das diesmal zweiter Klasse war.

Der Maskierte, der unsere Koffer nach draußen werfen wollte, fühlte, wie ihm kaltblütig der Smith & Wesson zwischen die Augen gehalten wurde. Er tat, als wäre nichts, und ging sofort zum nächsten Abteil weiter. Mein Vater setzte sich wieder neben mich – er hatte den Hut tief in die Stirn gezogen – und wartete darauf, daß der Zug weiterfuhr.

In Sizilien gab er eines Morgens auf einem Ritt durch das Land Schüsse aus seinem Revolver ab. Raben hatten in einem ausgetrockneten Bachbett einen toten Hund entdeckt und hackten so wütend daran herum, daß sie nicht einmal den Lärm unserer Pferde hörten. Mein Vater, der zu Fuß ging, zog den Revolver und traf vom Steg aus, der auf dem Steindamm lag, mit vier Schüssen hintereinander vier Raben, gerade als sie wegfliegen wollten.

Mit dem fünften Schuß, den er noch in der Trommel hatte, erlegte er eine Stunde später ein Wildkaninchen. Niemand hatte das Tier gesehen, und als mein Vater nach dem Schuß auf die Stoppeln ging und mit dem toten Kaninchen zurückkam, das er an den Ohren hielt, entsann sich Onkel Tano der Geschichte, wonach mein Großvater einmal auf eine Wette hin seine Flinte auf einen Telegrafendraht abschoß und dann beide Kugelhälften, wie sich auf der Waage des Goldschmieds herausstellte, das gleiche Gewicht hatten. Mein Vater machte den Tobak noch stärker und erzählte, daß Großvater um die Ecke schießen konnte. Er schoß schräg gegen eine Mauer und berechnete so genau den Rückprall der Kugel, daß der Schuß wie beim Billard in eine andere Richtung weiterging.

Trotz der Gefahren entschloß sich meine Mutter eines Jahres, mit uns auf die Reise zu gehen. Sie hielt es für angebracht, wenigstens einmal das Heimatdorf ihres Mannes zu sehen und die Verwandten kennenzulernen. Dieses Mal – es war das vorletzte – begnügte sich mein Vater mit ganz wenigen Zwischenstationen und ließ fast alle Besuche unter den Tisch fallen. In Rom gingen wir nicht zu Favagrossa, und in Neapel nur in die Schänke mit den Pfefferschoten. Giardini ließen wir ohne Zögern aus. Auf dieser Reise übernachteten wir in Catania in einem kleinen Hotel am Bahnhof. Meine Mutter ging ohne Abendbrot ins Bett, so müde war sie, mein Vater machte indessen noch einen Ausflug in die Stadt und nahm mich mit. Als er eine Gaststätte gefunden hatte, die nach etwas aussah, setzte er sich zu Tisch, und nach dem Abendessen gingen wir in einen öffentlichen Garten, wo eine Kapelle spielte, die fünfmal so groß war wie die zu Hause. Mein Vater konnte gar nicht zufriedener sein: »Siehst du«, sagte er zu mir, »was Reisen heißt? Was man nicht alles sieht! Und was man nicht alles lernt!«

Auf dem Weg zum Hotel kaufte er an einem Stand, der gerade geschlossen werden sollte, zwei gebratene Vögel. Im Hotelzimmer deckte er den kleinen Tisch, nahm aus dem Koffer eine Flasche Wein und fing beim rötlichen Licht der Lampe, die im Zimmer hing, von neuem zu essen an. Meine Mutter schlief nicht. »Eine Rose ist das Bett«, sagte mein Vater, »wer nicht schläft, erholt sich nett«, verzehrte währenddessen die zwei Vögel, deren Knöchelchen er sorgfältig benagte, und schenkte sich ab und zu ein halbes Glas Wein ein.

Mich übermannten Müdigkeit und drückende Hitze, und ich fiel auf meinem Bett, das hinter einem Paravent stand, in einen bleiernen Schlaf.

Mitten in der Nacht wachte ich von einem Alpdrücken auf. Ich hatte geträumt, daß drei Männer mit schwarzen Bärten in unserem Zimmer waren und verlangten, daß mein Vater die Vögel, die er gegessen hatte, wieder herausgebe, und sie drohten ihm, sie würden sie sich mit einem langen Messer aus seinem Bauch herausschneiden. Er setzte sich zwar zur Wehr, aber zwei von den Männern hielten ihn fest und der dritte stach ihn mit dem Messer. Da kamen auf einmal die beiden Vögel aus seinem Bauch und flatterten im Zimmer umher. In diesem Augenblick wurde ich wach. Es war dunkel, und ich hörte ein unterdrücktes Jammern durch die Wand, an der mein Bett stand. Ich spitzte die Ohren und hörte, wie eine Frauenstimme flehte und wimmerte. »Nein«, rief sie, »um Himmels willen, aus Liebe zur heiligen Jungfrau. O lieber Gott, was tut er mit mir!« Dann Schmerz- und Angstgestöhn. Das Bett, auf dem sich zweifellos die Szene abspielte, knarrte und stieß hin und wieder gegen meine Wand, so sehr wurde es im Kampf gerüttelt.

Am Tag zuvor hatte ich auf der Bahnfahrt durch Kalabrien auf einer Zeitung flüchtig die Überschrift gelesen: ›Zerstückelte Frauenleiche in einem Koffer an Bahnlinie aufgefunden. Ein Fuß fehlt.‹ Mir war klar, daß im Nebenzimmer der Frauenzerstückler am Werk sei. Und tatsächlich hörte ich auch einen Schrei; dann nach einem Augenblick Ruhe ein Röcheln, das nach und nach erstarb.

Der Mann hatte gemordet und zerschnitt nun die Leiche. Ich glaubte, ihn zu sehen, wie er den Kopf der

Frau an den Haaren hielt, während er den Körper zerlegte und möglichst alle Stücke gleich groß schnitt.

»Diesmal«, sagte ich mir, »wird er den Fuß nicht vergessen.« Und ich schlief, vom Entsetzen überwältigt, wieder ein.

Sobald ich am Morgen aus dem Zimmer kam, musterte ich die Nachbartür, überzeugt, eine große Blutlache darunter hervorkommen zu sehen. Aber nichts war da; und ich hätte an einen Traum geglaubt, wenn ich nicht meinen Vater, als er die Rechnung bezahlte, hätte protestieren hören: »Es ist eine Ungehörigkeit, zwei Stunden lang hat man nicht schlafen können.«

Der Besitzer des Hotels redete sich irgendwie heraus, aber er betrachtete uns dabei mit einem so gräßlichen, von einem schwarzen lockigen Bart gänzlich verdeckten Gesicht, daß ich auf der Stelle glaubte, der Mörder in der Nacht sei er. Ich stellte mir vor, wie er mit einem Nachschlüssel in die Zimmer alleinstehender Frauen eindrang, sie langsam umbrachte, zerschnitt und stückweise in ihre eigenen Koffer legte, die er dann auf die Eisenbahnböschungen warf, wenn er verreiste.

Noch den ganzen Tag mußte ich daran denken, während der Zug durch die Ebene von Catania ins Innere der Insel fuhr.

Ab 1930 sprach mein Vater nicht mehr davon, nach Sizilien zu fahren, obwohl unsere Verwandten in den Mafiaprozessen mangels Beweisen freigesprochen wurden, und unsere Reisen hörten auf.

Ich ließ dreißig Jahre vergehen, ohne überhaupt noch an Sizilien zu denken, das zu etwas Entferntem und kaum Wirklichem geworden war, wo meine Onkel starben, die Tanten alt wurden, die Vettern heranwuchsen, heirateten, Kinder in die Welt setzten, krank wurden und in den Krieg oder nach Amerika gingen; sie waren so weit fort, daß mir ihre Sorgen wie die der Chinesen vorkamen. Von Zeit zu Zeit erreichte uns ein Brief, in dem sie uns baten, ihnen mit Geld zu helfen, und der von Geburten und Todesfällen Nachricht gab; mein Vater antwortete regelmäßig und schickte hinter dem Rücken meiner Mutter Postanweisungen, aber er sprach kaum von seiner Heimat und den Verwandten, so als hätte er sie nun langsam vergessen. Nur von seinem Vetter Don Lorenzino, dem Erzpriester von Roccalimata, dessen Bild bei uns an der Wand hing, sprach er gern, als ob meine Mutter gegen ihn nun einmal nichts sagen könne.

Ihm war die Lust zu reisen vergangen, und Sizilien ließ sein Herz selten höher schlagen, nur manchmal nach dem Abendbrot oder sonntags beim Mittagessen, wenn er Gitarre spielte und sich dem Erzählen hingab, wie ein Emigrant, der seinen Söhnen von dem Land berichtete, aus dem er gekommen ist.

Wenn ich seine Geschichten mit meinen Erinnerungen verglich, so kam es mir vor, als hätte ich nichts wahrgenommen, oder fast nichts von alldem, was mein Vater aus seinem Gedächtnis hervorholte. Ich fragte mich, wie er in diesem trostlosen Land, in dem armseligen Dorf und in den Gesichtern, die immer vergrämt und stumm waren, so viele Begebenheiten hatte auflesen und die längst verwehten Lebensspuren unserer Ahnen finden können, die so weitab von jedem geschichtlichen Ereignis verlaufen waren, als habe es die Araber, die Normannen, das Haus Anjou, die Spanier, die Franzosen und die Piemonteser, die über Sizilien weggezogen waren, nur in den Schulbüchern gegeben. Mein Vater wußte anderes zu erzählen, er berichtete von Wundern, von Schäfern, Klosterbrüdern und Banditen, von Ereignissen, die vor langer Zeit vorgefallen und von Mund zu Mund weitergetragen worden waren.

Er erzählte die Geschichte eines Hirten, der, als er sah, wie sich die Baumeister damit abmühten, eine große Glocke auf den Kirchturm von Castrogiovanni (so nannte man einstmals Enna) zu ziehen, einen Mechanismus vorschlug, der das Problem schnell löste: er ließ oben am Turm einen starken Flaschenzug anbringen, über den die Seile liefen, die mit der Glocke verbunden waren; am anderen Tauende, an der Spitze des Glockenturms, ließ er ein dickes Faß befestigen. Die Männer mußten nun in einer Kette Eimer mit Sand auf den Turm reichen und in das Faß schütten, bis das Gewicht der Glocke erreicht war. Da begann das Faß langsam zu sinken, kam, unter kleinen Zugaben von Sand, auf der Erde an, verschwand in einem tiefen Loch, das der Schäfer hatte graben lassen, und zog die Glocke bis zur Glockenstube hinauf.

Andere seiner Erzählungen waren richtige ›moralische Gleichnisse‹, wie die von dem verwahrlosten Klosterbruder, der einmal wegen seiner geflickten Kutte zum Abt gerufen wurde, ein andermal, weil er den Tabak bloß in einem Papierchen aufbewahrte oder weil er anstelle des Stricks einen Bindfaden um den Leib trug. Der Mönch versprach, sich zu bessern, aber nur, wenn der Abt ihm einen Schlüssel anvertraue, den zum Keller vielleicht, zur Getreidekammer, zum Stall oder zu irgendeinem anderen Speicher. Der Abt gab ihm den zur Wachskammer, machte aber vorher von den Kerzen eine Bestandsaufnahme und legte ein Register über die Ein- und Ausgänge an. Trotzdem sah der Mönch nach einigen Wochen so aus, daß er dem Kloster Ehre machen konnte. Man nahm eine Kontrolle der Wachsbestände vor, aber es war alles in Ordnung. Unterdes kaufte sich der Bruder Tabakdosen aus Horn, Sandalen, Leinenhemden und Kutten zum Wechseln. Eines Tages aber blickte der Abt durch das Schlüsselloch in die Wachskammer und entdeckte, daß der Mönch die Kerzen dünner machte, indem er sie über einen Topf mit kochendem Wasser hängte. So stimmte zwar, wenn man nachzählte, der Bestand, aber die Kerzen hatten eine schöne Menge Wachs abgeworfen, das der Mönch unter der Hand verkaufte. Da begriff der Abt, wem die Schlüssel, das heißt die Ämter dienen, auch in den Klöstern.

Er stöberte die Geschichten in seinem Gedächtnis auf und fand immer wieder neue, so daß es ihm sogar gelang, das Interesse meiner Mutter zu wecken, die sie aus Prinzip allerdings nicht glaubte, und schon gar nicht, wenn sie auf Ereignisse zurückgingen, die er selbst erlebt hatte.

Viele Male hatte ich mir vorgenommen, nach Sizilien zu fahren, aber es sollten erst dreißig Jahre vergehen, ein langer Krieg, die ganze Jugend und was nicht noch alles, ehe mich ein müßiger Entschluß, der jetzt nahezu weder Zweck noch Ziel hatte, dazu brachte, gegen die Ansicht meines Vaters und wie ein beliebiger Tourist durch Italien in den Süden hinabzufahren.

So erreichte ich eines Abends im Juni die Meerenge; ich war, aus dem Norden kommend, die Staatsstraße gefahren, die ›die Jonische‹ heißt. Als ich von weitem die Insel sah, fuhr ich an der Spitze des Stiefels von Melito Porto Salvo bis Villa San Giovanni einen Bogen und blickte linker Hand aufs Meer, aus dem sich Sizilien immer dunkler und drohender erhob, je weiter es emportauchte, wie ein Schiff, das sich vor der kalabresischen Küste bewegte. Mächtig und düster, vom Wind jenseits der Enge gepeitscht, hob es sich gegen die Wolken eines Gewitters ab. Ein fahles Licht, das an den Flanken schroffer Gebirge entlangglitt, zerschnitt es von der Höhe bis hinab zur See.

Erst hinter Reggio sah ich die Insel abgegrenzt und sauber vom Festland getrennt im offenen Meer liegen. Aber mir schien, als komme mir aus diesem Land, das von einem feindseligen Meer umgeben ist, nichts Einladendes entgegen und daß ich, als ich um das Kap von Villa San Giovanni fuhr, gut daran getan hätte, ihm den Rücken zu kehren und mich nach Hause zu begeben.

Statt dessen suchte ich in Villa San Giovanni nach der Landungsbrücke, an der ich einst mit dem Zug angekommen war, und fand, von Pfeilen und Hinweisschildern geleitet, den Platz, wo die Fähren anlegen.

Leute, die Bescheid wußten, sagten mir, daß zwei Fähren wegen des Sturms nicht verkehrten und daß es nicht leicht sei, die Enge an diesem Abend zu überqueren. Dann wurde angekündigt, daß man fahre, aber nur mit einem kleinen Schiff. Später hörten wir, zwei Schiffe lägen bereit, von denen eines das Flaggschiff der Fähren sei, ein großer Pott, der die Autos auf dem Oberdeck befördere.

Während ich dem Rangieren der Züge zusah, die in die Schiffe hineinfuhren und aus ihnen herauskamen, erzählte mir einer meiner Autonachbarn von dem Erdöl, das es auf dem Meeresgrund gebe, von der Brücke über die Straße von Messina, die man bauen würde oder auch nicht bauen würde, und von den Tricks, die man anwenden müsse, um mit dem ersten auslaufenden Schiff wegzukommen. Bei diesem Geplauder fuhren wir mit den Wagen hinauf zum Oberdeck der Fähre, das zwei Stockwerke hoch war.

Zwischen den Automobilen auf Deck hörte ich aus einer Gruppe von vier oder fünf Personen, unter denen sich eine Frau in Hosen befand, Mailändisch sprechen. Ich trat näher und mischte mich mit der Frage ein, auf welcher Straße sie in den Süden herab gefahren seien. Ein junger Mann, in dessen Begleitung die Frau in Hosen war, antwortete, daß er die Hochstraße von Lukanien zwischen Salerno und Kalabrien, und dann die tyrrhenische Küste entlanggefahren sei.

»Ein Wahnsinn«, sagte er, »diese Straßen. Tausende von Kurven und Bergen.«

Ein anderer Mailänder, ein gesetzter, ruhiger Mann, wies mit dem Kopf auf einen seiner Nachbarn, der die Uniform der städtischen Behörden von Mailand trug, und sagte, er sei mit ihm auf der adriatischen und dann auf der jonischen Staatsstraße gefahren: zwar ein längerer, aber schnellerer Weg, so daß sie nur zwei Tage gebraucht hatten. Ich gab zu, daß mir für dieselbe Strecke drei Tage nicht gereicht hätten.

»Na ja«, antwortete er, »mit dem, was wir transportieren, können wir keine Umwege machen.«

Und er sah zu einem schwarzen Leichenwagen mit Kreuz und silbernen Beschlägen hinüber, den ich vorher nicht bemerkt hatte. Auch die Mailänder hatten ihn nicht wahrgenommen, aber sie blieben dennoch ihren Mitbürgern gegenüber freundlich, von denen der eine Angestellter eines Beerdigungsunternehmens war, und der andere Beauftragter des Leichenschauhauses der Stadt Mailand. Im Gegenteil, sie wollten sogar wissen, wen sie überführten. »Es ist ein zwanzigjähriger Junge«, antwortete der in Uniform, »der bei einem Verkehrsunfall am Stadtrand von Mailand ums Leben gekommen ist.«

Und ohne sich zu dem Leichenwagen umzudrehen:

»Seine Schwestern sind auch da«, sagte er, »auf den Sitzplätzen hinter uns.«

Als wir unauffällig hinsahen, erblickten wir tatsächlich zwei weiße, unbewegliche Gesichter hinter den Trauerschleiern, die im Wind der Meerenge wehten.

»Gestern abend«, sagte der andere, »haben wir Station gemacht und in einem Hotel in Marinafranca übernachtet; doch sie sind im Wagen geblieben. Wir haben das Auto in die Garage gebracht, denn man kann es ja nicht auf der Straße lassen, aber sie sind auch mit in die Garage gefahren.«

Um mir den Blick auf die Meerenge mit den beiden Ufern und den schon brennenden Lichtern nicht entgehen zu lassen, trennte ich mich von der Gruppe. Gerade in diesem Augenblick fuhr schräg zu unserem Heck ein großes Schiff vorüber, das voller Lichter und Passagiere war, die wahrscheinlich in den hell erleuchteten Luxussalons speisten.

Ein tiefes Tuten dröhnte in die Nacht und ließ die Passagiere erschreckt hochfahren: die Sirene des Fährbootadmirals zeigte uns an, daß wir in den Hafen einliefen.

Jeder rannte zu seinem Wagen und versuchte, als erster vom Schiff zu fahren. Als ich schließlich als letzter unten an der Rampe stand, war auf dem Platz am Kai kein einziges Auto mehr. Nur der Leichenwagen stand mitten auf dem großen, verlassenen Platz.

Einen Augenblick später kamen wie auf ein Zeichen hinter den Pfeilern schnell sieben oder acht kleine Männer hervor, die dunkel gekleidet waren und Mützen trugen. Sie umringten den Wagen, als sei er eine Postkutsche, die überfallen wird, und versuchten hastig, die Schläge zu öffnen.

Es waren die Angehörigen des Toten, die aus ihrem Dorf gekommen waren. Seit dem Morgengrauen hatten sie, gegen die Wände der Zollstation gelehnt, gewartet und waren, gerade als die Fähre anlegte, einen Augenblick lang eingeschlummert.

Die Verwandten, die den Toten in Empfang nahmen, kamen mir vor wie in früheren Jahren meine eigenen Angehörigen in Roccalimata, die auf mich warteten, als ich mit der Postkutsche von der Bahnstation kommend eintraf.

Ankunft und Abschied von Toten oder Lebenden

sind in Sizilien immer so schmerzliche, tränenreiche Ereignisse, daß fast kein Unterschied mehr zwischen ihnen besteht, und man beweint mit derselben Hingabe Tote wie Lebende.

Viertes Kapitel

Ich übernachtete in Messina in einem Hotel nahe der Dampferanlegestelle, und am nächsten Morgen begann meine eigentliche Reise.

Ich fühlte mich auf der Insel, als hätte ich schwankenden, unsicheren Boden unter den Füßen; denn obwohl dreißig Jahre vergangen waren, hatte ich mich immer noch nicht von den Ängsten meiner Mutter freimachen können: sie hatte uns zu allen übrigen Gefahren Erdbeben und Ausbrüche des Ätna prophezeit, die uns auf den Reisen nach Sizilien bedrohen konnten. Fortwährend ließ ich den Blick von der Straße abschweifen und sah nach rechts, wo ich den Vulkan zu entdecken hoffte, der, wie in den Zeitungen zu lesen war, gerade wieder tätig sein sollte. Aber als sich die Täler öffneten, sah ich große Wolkenballen in die Richtung von Catania ziehen, die mir die Aussicht auf die Berggipfel verdeckten.

Die Sonne, die vom offenen Meer her schien, traf wie ein Scheinwerfer auf die Küste und tauchte den Fuß der Insel in gleißendes Licht. Ich fuhr zwischen Meer und Wolken entlang und hoffte, das Gewitter hinter mir zu lassen und den Ätna im Himmel thronen zu sehen.

Von Messina nach Taormina führt eine fast neue Straße mit noch frischen weißen Mittelstreifen, die dazu verlockte, von einem Ort zum anderen weiterzufahren.

Ich kam durch Letojanni, bog um eine Landspitze, erreichte in der Gegend des Bahnhofs den langgestreckten, sonnenhellen Ort Giardini und fuhr parallel zu dem Abstellgleis, auf dem mein Vater vor fünfundsechzig Jahren in dem Eisenbahnwagen zweiter Klasse geschlafen und darauf gewartet hatte, ins Haus seines Freundes zu gehen.

Wenig oder nichts hatte sich seit damals in Giardini geändert; die alten, von der Sonne gebleichten Häuser, die ärmlichen kleinen Läden und die Kinder auf der Straße – alles war wie einst.

Der Ort liegt an zwei Straßen, die am Meer entlang führen und aus denen die Gemeindeverwaltung für den Verkehr, der durch Giardini geht, Einbahnstraßen gemacht hat. Und auch hier wäre ich wegen des Gewitters wie durch einen x-beliebigen Ort hindurchgefahren, hätte ich nicht so viele Male im Haus der Bekannten meines Vaters, Rosalia Fichera, gewohnt.

Die älteste Tochter des verstorbenen Freundes, Agatina, die hübscheste der drei Schwestern, die im zarten Alter verwaist waren, liebte mich innig und erfüllte mir alle meine Wünsche. Sie beschaffte mir das Ruderboot und verstand es, das einzige Fahrrad im Ort geliehen zu bekommen, auf dem ich die beiden Straßen hinauf und hinunter fuhr.

Wenn sie mich zum Spazierengehen mitnahm oder ich mit ihr allein zu Hause blieb, schaute sie mich unaufhörlich an und küßte mich wie eine Mutter. So zärtlich war sie zu mir aber nur in der Zeit der ersten Reisen. Später, als ich schon sechzehn war, sah sie mich bloß bewundernd an.

Agatina war eine dunkelhaarige Jungfer um die fünfunddreißig, jugendlich und behende, fröhlich und sorglos wie gewisse drollige Nonnen, die in den Klosterhöfen herumlaufen und spielen. Sie trug weite, um die Taille enge Röcke und anliegende, gekrauste Leibchen, die ihr den Busen in die Höhe drückten, der immer sorgfältig von weißen, bis unter das Kinn reichenden Musselinhemdchen bedeckt war. Nach einer enttäuschten Liebe hatte sie aufs Heiraten verzichtet (so glaubte ich, verstanden zu haben), und das hatte ihr die Befangenheit genommen, die ihren jüngeren Schwestern dagegen sehr zu schaffen machte, denn sie waren vom Morgen bis zum Abend darauf aus, Verlobungs- und Heiratsintrigen anzustiften, die niemals zum Ziel gelangten. So frei und heiter war sie, daß sie für alles empfänglich schien, außer für die Liebe. Sie interessierte sich für die verschiedensten Dinge, war mit dem Dorfklatsch auf dem laufenden und kannte von allen Familien die Vergangenheit. Zu meinem Vergnügen organisierte sie mit Leuten, die spielten und sangen, sogleich Feste in ihrem Haus. Niemals ließ sie mich aus den Augen, und sie teilte meine Zeit vom Morgen bis zum Abend ein.

Eines Nachmittags, als wir auf unserer letzten Reise in Giardini waren, kam Agatina, die eine Bootsfahrt zum Kap Schisò verabredet hatte, früher als gewöhnlich, um mich aus dem Mittagsschlaf zu wecken. Da sie glaubte, ich schliefe, schlug sie flink das Laken zurück, unter dem ich nackt lag, und betrachtete mich von Kopf bis Fuß. Ich glaube, sie beschnupperte mich auch, denn einen Augenblick lang spürte ich ihren Atem auf der Bauchhaut.

Äußerst vorsichtig deckte sie mich wieder zu, so daß

ich fast nichts davon merkte. Dann ging sie im Zimmer umher, öffnete die Läden und rief mich vom offenen Fenster wie jeden Nachmittag.

Einige Tage darauf bot sich mir die günstige Gelegenheit, in ihr Zimmer zu gehen und sie zu wecken, nachdem sie erst eine halbe Stunde geschlafen hatte. Das war eigentlich etwas, was ich mir nicht erlauben durfte, aber die Hitze, bei der die Ohren der Feigenkakteen platzten, hatte mir Angst und Befangenheit genommen, die mich seit meiner Kindheit plagten.

Ich fand sie im Halbschatten schlafend, die Hände hatte sie unter dem Nacken verschränkt und das Laken bis zum Kinn hochgezogen. Ich setzte mich neben dem Bett auf einen kleinen Sessel und schaute sie mir an, wobei sich mein Gesicht unmittelbar vor ihrer linken Achselhöhle befand, die dunkel und üppig war. Ein starker, betäubender Geruch entströmte ihr, und ich atmete ihn ein, wie man vielleicht Drogen einatmet.

Das Herz pochte mir im Hals, so daß ich fast keine Luft bekam und ein bißchen warten mußte, ehe ich mich erheben konnte. Ich fürchtete, sie könnte wach sein, und versuchte, ihr in die Augen zu sehen. Aber ihre Lider waren fest geschlossen, und der schwarze, dichte Fächer ihrer Wimpern lag darüber.

Ich war nicht sicher, ob sie wirklich schlief, aber da ich ohnehin unfähig war nachzudenken, fing ich an, sie aufzudecken, und zog ganz sacht das Laken zurück, als wäre es ihre Haut. Mit Erstaunen bemerkte ich, daß sie genau wie ich ein Muttermal an der rechten Leiste hatte, und zwar ein wenig oberhalb, an einer Stelle zwischen Schenkel und Nabel.

Ich war schon bei den Knien angekommen, und mir schien, sie zitterten, da nahm Agatina mit geschlossenen Augen einen Arm unter dem Kopf hervor, streckte ihn zögernd ins Leere und ließ ihn dann langsam an der Seite heruntergleiten. Ich zog mich augenblicklich zurück, während ihre Hand nach dem Rand des Lakens suchte und es sich dann träg über den Körper zog.

Auf Zehenspitzen ging ich aus dem Zimmer und rief sie eine Minute später vom Korridor aus.

Ich mußte sie zweimal rufen, ehe ich ihre verwunderte und viel zu verschlafene Stimme fragen hörte: »Aber wie spät ist es denn?«

Agatina bewahrte in einem Becher die Lottoscheine auf; sie spielte nach keinem mathematischen System, sondern ließ sich von Träumen leiten. Aus ihren Träumen, denen ihrer Mutter und der jüngeren Schwestern setzte sie jede Woche einen allein gültigen Traum zusammen, der als Weisung des verstorbenen Vaters angesehen wurde, und ermittelte daraus die Nummern nach dem Traumbuch von Bari. Die Familie hatte gerade eine Gewinnsträhne, wie man an einem bauchigen Glasgefäß sehen konnte, das mit Scheinen zu fünf, zehn und auch fünfzig und hundert Liren vollgestopft war.

Das war das Kapital, das sich durch die Gewinne einiger Jahre angesammelt hatte und dem Agatina jeden Freitag das Geld für die Einsätze entnahm. Aber das übrige Geld durfte weder gezählt noch ausgegeben werden. Das hatte der Vater Agatina in einem Traum gesagt. Er werde die Anweisung, es zu zählen und sich damit einen schönen Tag zu machen, schon im richtigen Augenblick geben.

Das geheiligte Gefäß stand auf einem kleinen Altar, umgeben von den Bildern der Schmerzensmutter, der heiligen Agathe, des heiligen Joseph, des heiligen Pantaleon und dem Bild des armen Antonio Fichera mit seinem herabhängenden Schnurrbart und dem Hut auf dem Ohr. Dieselbe Fotografie verwahrte mein Vater in seinem Koffer, zusammen mit der seines Freundes Evaristo. Fichera hatte ein rundes Gesicht und leuchtende Augen so groß wie Knöpfe, voll Zauber, wie die eines kleinen Jungen. Da stand er zwischen zwei Heiligen und beobachtete mich verwundert, wie ich in seinem Haus umherwanderte und in alles meine Nase steckte. Auf einer Vergrößerung dieses Fotos beherrschte er das Eßzimmer, und als Miniatur, die in Gold gefaßt war, hing er mit seinen munteren Äuglein und dem schief aufgesetzten Hut stets auf dem Busen seiner Witwe Rosalia, die ihn, wenn sie zu tun hatte und sich zum Ofenloch herunterbücken mußte, in ihren Ausschnitt steckte, ohne ihn auch nur zu beachten.

Kam der arme Fichera aus diesem Versteck hervor, so schien er ärgerlich zu sein, wie ein Kind, das von der Welt der Erwachsenen ausgeschlossen wird; und sobald er seinen Platz auf der schiefen Ebene von Rosalias Busen wieder eingenommen hatte, bekam er es fertig, allen seinen goldenen Rücken zuzudrehen und so, das Gesicht im Stoff versteckt, eine halbe Stunde auszuhalten.

In diesem Jahr – es war das Jahr unseres letzten Besuchs in Giardini – träumte die jüngste der drei Töchter, Concetta, während des Mittagsschlafs, daß ihr Vater mit einem großen Paar Hörner auf dem Kopf mit meinem Vater am Strand spazieren ging. Das mußte natürlich in der Familie erörtert werden, weil die Mutter darauf bestand, daß die Nachmittagsträume fürs Lotto nicht zählten. Agatina dagegen meinte, nachdem sie mir einen raschen Blick zugeworfen hatte, daß man sie mehr noch als die nächtlichen Träume beachten müsse und daß die schönsten gerade die am Nachmittag seien.

Am Freitag setzten sie die Zahlen fest und spielten auf Anraten meines Vaters, der sich mit zehn Lire beteiligte, noch höher als gewöhnlich.

Die Zahlen wurden gezogen, und wir hatten einen so großen Gewinn, daß wir einige Tage länger in Giardini bleiben mußten, um ihn zu kassieren.

Am Tag unserer Abreise erzählte mein Vater, er habe von Antonio geträumt und von ihm gesagt bekommen, er solle seinen Frauen ausrichten, daß sie das Geld im Topf zählen und ausgeben dürften. Concetta fragte: »Hatte Papa noch die Hörner?«

»Nein«, antwortete mein Vater.

Es war genau diese Reise, auf der ich dahinterkam, was ein Gehörnter ist. In Rom hatte Favagrossa eine Geschichte erzählt, die in seiner Jugendzeit in Caltanissetta vorgefallen war. Ein Huthändler namens Santoro, mit einem Geschäft im Zentrum der Stadt, hatte mit vierzig Jahren ein schönes Mädchen aus S. Caterina geheiratet und es in die Stadt mitgebracht, wo er allein und ohne Verwandte lebte. Sein Haus lag nicht weit von seinem Geschäft entfernt auf einem kleinen verlassenen, von der Sonne durchglühten Platz, den an den Seiten eine Kirche, eine hohe Mauer und einige alte Speicher begrenzten. Das Haus war ein kleiner, einzeln stehender und einsamer Bau, zwei Stockwerke hoch, mit einer kleinen Eingangstür unten, drei Fenstern im ersten Stock und drei ovalen Luken unter dem Dach, die dem Boden Licht und Luft gaben.

Die Frau des Huthändlers war wirklich eine Schönheit. Man konnte sie nur am Sonntag sehen, wenn sie am Arm ihres Mannes aus der Messe kam. Dann blieb sie die ganze Woche über zu Hause, all die Stunden, die ihr Mann im Geschäft oder im Café an der Piazza zubrachte; sie hatte keine Freundinnen und auch sonst kaum etwas zu tun, denn Kinder hatte sie keine. Santoro ging um neun Uhr morgens aus dem Haus und öffnete den Laden. Er kam ein Uhr mittags wieder heim, aß, legte sich zum Mittagsschlaf ins Bett und ging kurz vor vier wieder, um das Geschäft erneut zu öffnen. Gegen acht Uhr kam er dann nach Hause und ging bis zum Tag darauf nicht mehr fort.

Santoro war ein wortkarger Mann, groß und dick, hatte immer einen schönen neuen Hut auf, wurde, obwohl er ein einfacher Händler war, zu den ›Ehrenmännern‹ gezählt, also zu den angesehenen Bürgern, und verkehrte mit den besten Leuten der Stadt. Wenn er im Café saß, waren an seinem Tisch, von dem aus er auf sein Geschäft sehen konnte, nur Persönlichkeiten wie der Rechtsanwalt Cardàci, der Baron Ciampanella, der Vorsteher des Finanzamts, einige Grundbesitzer und Don Nini, ein sehr reicher junger Mann, dem man nachsagte, er sei ein Don Juan.

Nach einem Ehejahr merkte Herr Santoro plötzlich, daß ihn die Bekannten aus dem Café schnitten. Wenn sie ihn sitzen sahen, kamen sie nicht heran, und ein paarmal standen sie auf, als er sich an den Tisch zu ihnen setzte. Alle, außer Don Ninì, verhielten sich ihm gegenüber unhöflich und befremdend.

Nun saß er in seinem Laden und fing an nachzudenken; er betrachtete sich im Spiegel, nahm zweimal den Hut ab und setzte ihn zweimal wieder auf. Er hatte verstanden.

Am nächsten Tag, pünktlich um fünf Uhr nachmittags, während die Freunde im Schatten vor dem Café saßen, verließ er das Geschäft und verriegelte Tür und Schaufenster, als sei schon Ladenschluß. Die Freunde beobachteten ihn, und als sie sahen, wie er mit langen, langsamen Schritten auf sein Haus zuging, folgten sie ihm von weitem.

Herr Santoro zog den Schlüssel aus der Tasche, öffnete vorsichtig die Haustür, trat ein und schloß von innen wieder zu. Auf der entgegengesetzten Seite des Platzes hatte die Gruppe aus dem Café halt gemacht und wurde langsam größer.

Sie brauchten auch nicht lange zu warten. Nach fünf Minuten hörte man im Haus einen Schuß fallen, und sofort darauf sah man für einen winzigen Augenblick Don Ninìs Kopf an der ovalen Luke über dem Mittelfenster auftauchen. Einen Moment später, siehe da! spazierte Don Ninì wie ein Seiltänzer, nur völlig nackt, auf dem Dach des kleinen Hauses herum. Er war aus dem Dachfenster gestiegen und balancierte auf dem First entlang. Nach wenigen Schritten war er am Ende des Daches und drehte sich um. Auf einmal stieg auch Herr Santoro aus dem Dachfenster; er war ganz dunkel gekleidet und hatte einen neuen Hut auf. Die beiden

Männer standen sich wenige Meter voneinander entfernt wie zwei Duellanten gegenüber. Santoro streckte den Arm aus, er hatte eine lange Pistole in der Hand; und erst jetzt bemerkten die Zuschauer, daß auch Don Ninì mit einem kleinen Revolver bewaffnet war. Der Nackte und der Bekleidete hoben zu gleicher Zeit den Arm und gaben Feuer. Einen Augenblick lang blieben sie bewegungslos, als wollten sie das Echo der Schüsse verhallen lassen, dann fiel Don Ninì vom Dach herunter auf den Platz und Santoro kletterte durch das Dachfenster wieder zurück. Zehn Minuten später trat er mit einem neuen Hut auf dem Kopf, da den anderen, wie man erfuhr, eine Kugel durchlöchert hatte, aus dem Haus. In der Hand die lange Pistole, eingewickelt in eine Zeitung, ging er zur Kaserne der Carabinieri und stellte sich. Um den Leichnam von Don Ninì sammelte sich ein Grüppchen, das bemerkte, wie sein Mund unter dem schwarzen Schnurrbärtchen noch immer lächelte.

Das Schwurgericht sprach den Gehörnten (Favagrossa betonte dieses Wort, das für mich noch neu war) frei vom Doppelmord an seiner Frau und Don Ninì. Santoro kehrte nach Caltanissetta zurück, öffnete das Geschäft wieder und wurde von neuem in die alte Gemeinschaft aufgenommen. Danach sprach niemand mehr von der Geschichte.

Am Nachmittag besuchte ich Taormina und übernachtete, nachdem ich wieder hinuntergefahren war und gegessen hatte, in einem Gasthaus zwischen den schwarzen Felsen des Kaps Schisò. Dort in der Nähe entdeckte ich mitten in den Gemüsegärten die Ausgrabungen einer griechischen Stadt: Naxos.

Die Familie Fichera suchte ich nicht erst auf. Agatina, wenn sie überhaupt noch lebte, mußte mindestens fünfundsechzig Jahre alt sein.

Zwischen Taormina und Catania fährt man nacheinander durch die Dörfer und kleinen Städte, in denen fast alle Richter, Polizeikommissare und Steuerbeamte geboren sind, denen man im Laufe seines Lebens begegnet. Catania dagegen ist ein großes Handelszentrum.

Catania durchfuhr ich bei einem Gewitter und sah erst in der Bucht von Augusta wieder die Sonne scheinen, die die gigantischen Raffinerieanlagen, Tanks und Konstruktionen aus Metall aufleuchten ließ, die großen Industrieniederlassungen, wie in Sesto S. Giovanni und Sanpierdarena. Bis Syrakus säumten sie meinen Weg, dann wurden sie von immer kleineren Anlagen abgelöst und schließlich von Villen und modernen Einfamilienhäusern.

Ich fuhr über die Brücke, die die kleine Insel Ortigia mit dem Land verbindet, und war nun im alten Syrakus. Die antike Stadt lag an der Straße nach Augusta, in Belvedere, rund um das Kastell Euryalos, eine ehemalige griechische Festung, die ich am folgenden Tag besuchte. Der Wächter des Kastells, der an chronischer Bronchitis litt, weil es an diesem Ort, der allen Winden geöffnet ist, immer zieht, wies hustend auf die beiden Buchten von Augusta und Noto. In der von Noto, informierte er mich, landeten die Karthager vier oder fünf Jahrhunderte vor Christus und die Alliierten im Jahre 1943.

Ich schlief in einem Hotel in der Nähe der Quelle der Arethusa, die wie ein Taubenschlag voll weißem und schwarzem Vogeldreck aussieht.

Am Tag darauf verließ ich Syrakus und machte mich auf den Weg ins Innere der Insel. Ich fuhr durch Palazzolo Acreide, besichtigte dort das griechische Theater, kam dann durch Piazza Armerina und bei der römischen Kaiservilla von Casale vorbei, wo ich, als ich mir die Mosaiken ansah, in der Frau mit Bikini Agatina wiederzuerkennen glaubte, die kurz zuvor ausgegraben worden war, nachdem sie wenigstens fünfzehn Jahrhunderte unter einem Laken aus Erde verborgen gelegen hatte.

Fünftes Kapitel

Ohne nachzudenken hatte ich mich dem Touristenstrom mit seinen Pflicht-Rundfahrten per Auto und Omnibus angeschlossen. Aber in Casale brach ich entschlossen aus und wandte mich zum Mittelpunkt der Insel.

Ich war nunmehr etwa fünfzig Kilometer entfernt vom Dorf meines Vaters, das kein Tourist je gesehen hat. Geradewegs fuhr ich auf der Straße, die nach Palermo führt, darauf zu.

Nach einer Stunde Fahrt glaubte ich, die Gegend wiederzuerkennen, und begann, linker Hand nach dem Wegweiser zu suchen, der die Abzweigung nach Roccalimata anzeigen mußte.

Im Gebirge sah man im Sonnenuntergang an allen Abhängen nur reife Getreidefelder liegen, dürre Weideplätze, die mit großen Steinen besät waren, und hin und wieder ein verlassenes Dorf. Manchmal begegnete ich einem Maultier mit dem Bauern darauf, selten einem Auto mit dem Nummernschild von Caltanissetta oder Palermo. Dann kam kilometerlang nichts mehr, und schließlich sah ich im Grunde eines Tales, aus dem sich die Sonne schon zurückgezogen hatte, auf einem Eisenpfahl einen verbogenen Wegweiser. Ich las darauf ein langes Wort, das von Steinschlag teilweise unleserlich war: Roccalimata.

Von der Hauptstraße zweigte in der Höhe des Pfahles ein staubiger Pfad ab, der plötzlich hinter einem gelblichen Hügel verschwand.

Ich konnte mich nicht daran erinnern. Trotzdem war ich vor dreißig und mehr Jahren sicherlich viele Male hier vorbeigeritten, als ich zu Pferd vom Bahnhof kam, der ein paar Kilometer weiter zurück in einer anderen Talsohle liegen mußte. Mir schien, als hätte man an einem bestimmten Punkt die Hauptstraße zu kreuzen gehabt, wahrscheinlich dort, wo jetzt der Wegweiser stand.

Lange schlängelte sich die Straße bergauf, dann öffnete sich der Blick auf die vielen veilchenblauen Berge. Weit weg, in Richtung Palermo, zeichnete sich gegen das Licht der untergehenden Sonne das Profil von Türmen und Bollwerken auf einem Bergkamm ab: das Kastell von Mussomeli. Das konnte nichts anderes sein als das schöne Kastell von Mussomeli, das ich so viele Male von dieser Höhe aus gesehen und zu Pferde niemals hatte erreichen können, weil es so weit entfernt war.

Auf der gegenüberliegenden Seite erhob sich ein riesenhafter Berg bis in den Himmel. Er mußte der legendäre Artesino im Mittelpunkt der Insel sein, von dessen Gipfel aus der raubgierige Emir Abbás-Ibn-Fadhl vor jetzt mehr als tausend Jahren das arme Land beherrscht hatte, in dem schon damals meine Ahnen unter Mühen lebten. Es sei denn, meine Vorfahren waren nicht Knechte des Emirs.

Nach einigen Kilometern erkannte ich ein anderes Gebirge wieder: den Musosino, an dessen Flanke eine große Hochebene liegt, auf die ich als Junge mit meinen Vettern stieg, um zwischen den Steinen einer untergegangenen Stadt antike Münzen auszugraben.

Wenig später, am Paß, der Portella del Morto heißt, tauchte vor mir noch ein Berghang auf, noch ein zerklüfteter Höhenzug und eine Kette öder Täler.

Im schwefelgelben Licht erkannte ich unter diesen Bergkadavern einen, den nächsten, der aussah wie der ganz mit Grind überzogene Kopf eines Aussätzigen: seinen Scheitel, auf der einen Seite grau und rosa, schien ein Stück Schorf zu bedecken. Es war das Dorf meines Vaters.

Niemand kam von dort, niemand ging dorthin, nur ich, der ich für zwei oder drei Tage wiederkehrte, um mich sogleich wieder davonzumachen, wenn ich die Verwandten gesehen hatte, die zwischen diesen Steinen nisteten und auf meine Ankunft warteten.

Ich fuhr Kehre um Kehre abwärts und erreichte die ersten Häuser, wo die gepflasterte Straße beginnt.

Ich glaubte, das Haus meiner Tante finden zu können, aber die Straßen – allesamt sahen sie aus wie Gebisse von Totenschädeln, die man in immer engeren Kreisen säuberlich übereinandergeschichtet hatte – waren einander alle gleich, und ich mußte Leute nach dem Weg fragen, die bewegungslos am Straßenrand standen. Ich folgte den Hinweisen, die mir einer, ohne den Mund aufzumachen, gab, indem er das Gesicht bloß in die Richtung drehte, in die ich fahren mußte, und kam in einer Straße, die ich wiedererkannte, vor der Tür eines zweistöckigen, eingebauten Häuschens, an.

Hinter der Halbtür des Erdgeschosses kam meine

Tante Concetta hervor und umarmte mich weinend. Ich vernahm unter ihren Worten den Namen meiner Mutter und den meines Vaters, und dann den Ausruf:

»Oh, mein armes Brüderle, das ich nie mehr wiedersehe!« Als ich sie anschaute, sah ich ein altes Weiblein von etwa neunzig Jahren, das wenig mehr als einen Meter groß war, schwarze Kleider anhatte und ein Schaltuch auf dem Kopf trug. Ihr Gesicht glich altem Kupfer und war voller Runzeln wie das einer Mumie, die Unterarme waren abgemagert bis auf die Knochen, die Hände waren dunkel, hölzern und starr wie bei meinem Vater.

Sie legte mir diese Hände aufs Gesicht – immer noch stand sie hinter der Halbtür –, und ich spürte sie wie dürre Zweige meine Ohren streifen, über die Wangen fahren und den Hals hinunterstreichen, dann legten sie sich mir auf die Brust.

Meine Tante war fast blind und suchte mich mit ihren mahagonifarbenen Fingern wiederzuerkennen; unterdessen weinte sie ausdruckslos und wiederholte ab und zu bei dem Gedanken an meinen Vater:

»Mein armes Brüderle, das ich nie mehr wiedersehe.«

Dann fragte sie mich:

»Wieso hast'n nich mitgebracht?«

Ihre Tochter Borina, eine alte Jungfer, die bei ihr lebt, war in der Kirche. Die beiden Söhne warteten in ihren Häusern, bis sie durch die Rufe im Dorf von meiner Ankunft erfuhren. Biagio erschien; er war so dick geworden, daß ich ihn nur mit Mühe wiedererkannte. Immer noch hatte er etwas Mongolenhaftes, und immer noch trug er die Mütze ein wenig aus der

Stirn geschoben. Die gelbe Gesichtsfarbe von der Malaria, die er sich als junger Mann in den Schwefelgruben geholt hatte, war ihm geblieben, und der Bart warf wie früher einen dunklen Schatten auf sein Gesicht; er schritt mit einer Gewichtigkeit dahin, die mir, ungeachtet seiner Beleibtheit, die ihn behäbig machte, unerklärlich schien.

Zärtlich umarmte er mich und brachte mich zu seinem Haus in einer Nachbarstraße. Meine Tante schloß ihre Tür ab und kam hinter uns her; sie hielt den zwanzig Zentimeter langen Schlüssel in der Hand und hüpfte auf der Straße wie eine Fliege von einem Pflasterstein auf den nächsten.

Vor Biagios Haustür standen seine Töchter Ignazia, deren Taufpate ich vor dreißig Jahren gewesen war, und Sarina, von der ich nicht einmal wußte, daß sie existierte. Seine Frau und die Söhne waren auf dem Feld in Landro, acht Kilometer entfernt.

Biagio wollte seine Frau noch an diesem Abend nach Hause holen, und so mußte ich ihn im Auto nach Landro bringen.

Ich fuhr die Straße bis zur Portella del Morto wieder hinauf, dann bis zur Hauptstraße hinab und kam, von Biagio geleitet, in Landro an.

An Landro erinnerte ich mich undeutlich, aber der Name war mir aus den Erzählungen meines Vaters noch im Ohr. Es war zu seiner Zeit Standort der Reiter-Carabinieri, die jeden Tag zum Bahnhof ritten, um die Eilpostkutsche bis zur Portella del Morto zu begleiten, wo sie zurückblieben und ihr nachsahen, während sie zum Dorf hinunterfuhr.

In der Nähe von Landro, das im Dialekt ›Lannaro‹ heißt, liegt die Quelle, die Tränke genannt, zu der mein Vater, als er noch ein Junge war und als es noch keine Wasserleitung in Roccalimata gab, mit einem Maultier zog, um Wasser zu holen, und zwar zwei Quart für seine Familie und zwei für den Besitzer des Maultiers pro Weg. Aber zwischen Morgendämmerung und Nacht konnte er nicht mehr als zwei Touren machen, weil das ganze Dorf Schlange stand und an dieser einzigen Stelle Wasser holte, wo der Wasserstrahl nicht dicker als ein kleiner Finger war.

Bald sah man Landro neben der Straße weiß durch den Abend leuchten.

Biagio ging mir voran in den Hof und stieg eine Treppe hinauf. Als wir an einer großen Tür ankamen, sagte er zu mir, ich solle ihm die Hand geben, weil wir durch die ›Galerie‹ gehen müßten, das heißt durch einen Bogengang, der dunkel und voller Hindernisse war. Ich stolperte über eine schlafende Ziege, stieß gegen einen Stapel Säcke und schließlich stürzte mir ein Korb hinterher. Alle sechs Schritte gingen wir an einem Fenster vorüber, das mit armdicken Eisenstäben vergittert war. Deutlich hoben sie sich ab gegen eine Bergflanke, die noch im Licht der Abenddämmerung lag.

Auf der gegenüberliegenden Seite konnte man eine Reihe geschlossener Zimmer ahnen, aus denen schwaches Licht durch die Türritzen drang.

Landro war erst eine Zitadelle, dann ein Kloster, ein Gutshof, eine Räuberhöhle, eine Kaserne und schließlich die Behausung einiger Bauernfamilien, die in der Umgebung Land in Halbpacht bestellten.

Biagio zog mich an der Hand weiter und erzählte mir, daß die alten Familien fortgezogen und neue nach Landro gekommen seien, als sie bei der Neuverteilung Land erhalten hatten.

Sein Hund lief uns zwischen die Beine, und Biagio rief:

»Innoccé, Innoccé!«

Am Ende der Galerie glühte in einem geräumigen Gelaß ein Holzkohlenfeuer unter einem großen Kochtopf. Innocenza war dabei, im Dunkeln Molkequark zu machen.

»Los, Innoccé«, rief Biagio, »zieh' dich an, wir wollen ins Dorf fahren. Unser Vetter ist angekommen, Eugenios Sohn. Kennst'n noch?«

Ich umarmte Innocenza im roten Schein der Glut, und mir war, als umarmte ich eine Ziege, die auf den Hinterbeinen stand.

Die Frau ging langsam in ein gegenüberliegendes Zimmer und zündete mit einem brennenden Scheit, das sie aus dem Herd gezogen hatte, die Öllampe an. Ich erkannte sie wieder und erinnerte mich ihrer wegen ihres verzückten Gesichts mit den aufgerissenen grauen Augen, deren Blick nicht in die Ferne ging, sondern vor lauter Arbeit nie weiter als einen Meter reichte. In einer Ecke des Zimmers leuchteten noch zwei Augen, und ein stämmiger Bursche, der wie ein Marokkaner aussah, stand von einem Sessel auf. Er sah mich fest an, ohne etwas zu begreifen. Biagio ging zu ihm, redete langsam mit großen Mundbewegungen und sagte zu ihm, indem er auf mich wies:

»Das ist der Sohn meines Onkels Eugenio.«

Dann erklärte er mir mit kummervoller Stimme:

»Das ist mein Sohn Vincenzo, er ist taub, weil er als kleines Kind Hirnhautentzündung hatte. Ach, ein Unglück ist das!«

Ich umarmte Vincenzo, der mich winselnd mit seiner dicken Melkerhand streichelte.

»Vincenzo«, fuhr Biagio fort, »ist intelligent, er versteht alles. Wenn ich ihn in die Anstalt in Palermo geschickt hätte, könnte er einen Beruf gelernt haben. Aber seine Mutter hat nicht gewollt, daß er eingesperrt wird.«

Vincenzo nahm vom Fensterbrett einen Fotoapparat in einer Ledertasche und zeigte ihn mir. Dann hängte er ihn sich wie eine Kette um den Hals und lächelte glücklich. Biagio sagte mir, daß Vincenzo sich jeden Sonntag als ›Kavalier‹ kleide, und mit dem Fotoapparat um den Hals einen Dorfbummel mache.

Inzwischen hatte Innocenza die Schuhe gewechselt und sich ein Kleid übergezogen. Bevor sie mit uns wegging, öffnete sie die Tür eines Zimmerchens, und ein Schwall von Gerüchen verriet mir, daß hier der Käse lagerte. Der Pecorino – schimmernd vom feuchten Salz – reifte in diesem Raum zwischen Knoblauch- und Zwiebelbündeln, Öl- und Weinkrügen, Broten und Eimern Milch. Ich erkannte den guten Schafskäse wieder, den mein Vater sich all die Jahre bis zu Beginn des letzten Krieges hatte schicken lassen und den man ihm vom Postamt sofort ins Haus brachte, weil man den Gestank nicht ertragen konnte.

Innocenza nahm einen Korb Eier und ging los.

Vincenzo lief mit der Öllampe voran; aber er sollte

nicht mit ins Dorf kommen. Er hatte auf seinen Bruder Giacomino zu warten, der mit den Kühen und den Milchschafen noch auf der Weide war.

Auf den Lärm unserer Schritte auf der ›Galerie‹ hin öffnete sich eine der vielen Türen und eine Frau erschien.

»Das«, sagte Biagio, »ist die Lehrerin.«

Die Lehrerin lud uns ein, in ihr Zimmer zu kommen. Es war gleichzeitig das Schulzimmer von Landro, in dem drei kleine, von Mäusen angenagte Bänke standen; weiter sah ich einen Vorhang, der das Bett verdeckte, einen Herd, einen großen zylindrischen Nachttopf, einen Stuhl und eine Truhe. Die Lehrerin, ein etwa dreißigjähriges Fräulein aus Petralia Sottana, lebte das ganze Jahr über in Landro und unterrichtete zehn oder zwölf Kinder jeden Alters, von denen ein paar von einem Gutshof herüberkamen, der fünf Kilometer weiter im Tal lag.

»Hier«, sagte Biagio, »ruhen sich die Kinder aus. Sie gehen hin, ohne lesen und schreiben zu können, und nach ein paar Jahren kommen sie als Analphabeten heraus.«

»Du meinst doch, sie können nun lesen und schreiben«, fragte ich ihn.

»Nein«, antwortete er, »sie bleiben Analphabeten. Denn wenn sie einmal die Schule hinter sich haben, lesen und schreiben sie nie mehr.«

Als wir in den Hof hinunterkamen, wartete die ganze Einwohnerschaft von Landro, vielleicht fünfundzwanzig Leute, schweigend darauf, Biagios Verwandten zu Gesicht zu bekommen, der mit einem Auto zu ihm auf Besuch gekommen war. Ein Junge zeigte mit dem Finger auf mich und fragte:

»Ist das ein Amerikaner?«

Keiner antwortete ihm.

Um uns war es schon dunkel geworden, aber die Abenddämmerung verglühte noch langsam am Himmel. Von einem Berg, der schon im Finstern lag, hörte man fern die Geräusche einer Herde.

»Dort ist Giacomino mit den Tieren«, sagte Biagio und wies mit dem Arm in die Richtung. »In zwei oder drei Stunden wird er hier sein.«

Als wir bei der Portella del Morto vorüberkamen, konnte man Roccalimata noch auf dem Grunde der Nacht liegen sehen, aber hier und da funkelten schon Lichter, wie bei den Dörfern von Palästina im Krippenbild.

In Biagios Haus hatten sich die Verwandten im Kreis versammelt. Sein Bruder Salvatore mit Frau und Kindern war da, und viele andere, die ich noch nie gesehen hatte, alles Vettern zweiten und dritten Grades. In der Mitte des Kreises saß, immer in Bewegung, Tante Concetta auf einem Sessel und hielt den Schlüssel in der Hand.

Wir blieben in einer Küche im Erdgeschoß, in der eine Krippe für zwei Lasttiere stand, mit denen man nach Landro zurück ritt. An der Wand war ein Wasserhahn ohne Ausgußbecken, viele Stühle standen umher, doch es war kein Tisch da. Auf der Erde, hinter der Krippe, brannte ein Propangaskocher. Neben dem Eingang führte eine Holztreppe durch eine Klapptür an der Decke in die oberen Stockwerke. Unter der Treppe lag, hinter einem geblümten Vorhang versteckt, ein rauher, nasser Stein mit einem Loch in der Mitte: der Abort des Hauses, in den alles Spülwasser geschüttert wurde und zu dem auch das Wasser aus dem Hahn lief, und trotzdem stieg ständig ein scharfer Ammoniakgeruch daraus hervor, der einem Tränen in die Augen trieb.

Der Abendbrottisch wurde im Schlafzimmer gedeckt, das über der Küche lag; Wolken von Fliegen waren da. Wir aßen spät, ohne Messer, nach Bauernsitte.

Während wir aßen, zog eine Prozession vorüber, und Borina lief auf den kleinen Balkon. Als Sekretärin der Azione Cattolica in Roccalimata hatte sie nie eine Prozession versäumt.

Sie beugte sich vom Balkon, um sich davon zu überzeugen, daß alle ihre Kameradinnen mitmachten, daß die kleinen Mädchen sich gut benahmen und alles in Ordnung vonstatten ging. Auch ich trat auf den Balkon und sah eine kleine Prozession, die über die Straße zerstreut dahinzog. Mittendrin schritt hinter einer Heiligenstatue ein Priester mit gefalteten Händen und einem Meßgewand, das den Boden streifte. Ich sah ihn von oben und fast nur von hinten. Sein weißes, gut gekämmtes Haar leuchtete, wenn er unter den Lampen vorbeiging. Er machte weite Schritte, um immer auf flache Pflastersteine zu treten, und dann und wann blieb er stehen und blickte aus den Augenwinkeln zurück, damit er ja den Abstand zum Hintermann hielt.

»Ist das Don Lorenzino?« fragte ich Borina.

»Ja, das ist er, der Herr Dechant«, antwortete sie, ohne auch nur einen Augenblick wegzusehen.

Hinter uns auf dem Balkon standen die Frauen und Kinder. Vetter Biagio, Kommunist und Sekretär der

Bauerngenossenschaft, war mit seinem Bruder Salvatore am Tisch geblieben. Als ich mich wieder hinsetzte, sagte ich zu Borina:

»Morgen gehen wir den Dechanten besuchen. Sag's ihm, wenn du zur Messe gehst.«

Wir blieben bis spät in der Nacht auf, um alle Verwandschaftsverhältnisse zu klären und um die Erlebnisse, die ich vor dreißig Jahren in Roccalimata gehabt hatte, wieder aufzufrischen.

Biagio entsann sich, wie ich mich im Alter von zehn Jahren einmal dem Baron Mamiano gegenüber frech benommen hätte. Der Baron, der eine von unseren Kusinen geheiratet hatte, war ungefähr sechzig Jahre alt und lebte von den Einkünften aus seinem Landbesitz. Hin und wieder kam er auf seiner Eselin am Haus meiner Tante Concetta vorbeigeritten. Er hielt ohne abzusteigen vor der Haustür an und wartete, daß die Verwandten seiner Frau herauskämen und ihm die Hand küßten. Dann setzte er seinen Spazierritt fort.

Einmal sah er mich auf der Schwelle sitzen; ich schaute ihn mir an, und als ich mich nicht erhob, um ihn zu grüßen, fragte er mich:

»Wem sein Sohn bist du?«

Ich nannte ihm meine Eltern und suchte mich zu entschuldigen; aber als der Baron den Namen meines Vaters hörte, sagte er: »Auch er ist immer ein Bauerntölpel gewesen.«

Da stand ich auf, ging zu ihm hin, nahm seine Hand und spuckte darauf.

Man hätte noch andere Geschichten erzählen können, aber es war schon zu spät geworden, und die kleinen Kinder der Vettern schliefen bereits in den Winkeln auf den feuchten Getreidesäcken. Borina hob die Sitzung auf, dann verschwanden Teller, Abfälle und Verwandte durch die Falltür, und das Schlafzimmer stand zu meiner Verfügung.

Ich hatte ein paar Stunden geschlafen, als mich eine zweite Prozession weckte: eine Herde zog aus dem Dorf auf die entfernteren Weideplätze. Ich sah nach der Uhr: es war fast drei. Im Dunkel des Zimmers glaubte ich, den Geruch von Streu und Tieren fast mit den Händen greifen zu können, der von innen und außen in die Mauern eingedrungen war. Der Geruch von Esel und Maultier, der Gestank ihres Mistes, der Duft von Stroh und Getreide, in dem alle meine Vorfahren geboren wurden, gelebt haben und gestorben sind, alle bis herab zu meinem Vater, der auswanderte und mich in der Ferne in der frischen, nach Algen und Fischen riechenden Luft eines lombardischen Sees zeugte.

Ich wachte und dachte darüber nach, und dann verstand ich plötzlich, wie man es fertigbringt, von Sizilien wegzukommen: am Anfang steht der Entschluß des Sizilianers, sein Land für immer zu verlassen, eine Frau von anderer Herkunft zu heiraten und Kinder zu haben, die in einer anderen Landschaft zu Hause sind. Die Kinder dann, erst sie, und mehr noch die Kindeskinder, können von sich sagen, sie hätten die Insel verlassen.

Sechstes Kapitel

Am Morgen gegen zehn Uhr erschien Borina, um mir zu sagen, daß Don Lorenzino mich erwartete. In der Küche war ein Hin und Her von Männern und Frauen, die zum Sekretär der Bauerngenossenschaft gekommen waren, um sich Rat zu holen und Briefe, Anfragen und Gesuche schreiben zu lassen. Aber Biagio vertröstete alle auf den nächsten Tag und machte sich bereit, mit seinem Bruder Salvatore zum Pfarrer mitzugehen.

»Wenn Ihr beiden nicht wollt . . .«, sagte ich.

»Nein, wieso denn?« erwiderte Biagio. »Wir sind doch immer noch mit Don Lorenzino verwandt.« Also gingen wir, eine ganze Gruppe, denn Biagios älteste Tochter kam auch noch hinterher, ins Haus des Dechanten, als wenn wir eine Taufe oder Hochzeit hätten bestellen wollen.

Seine Schwägerin, Donna Costanza, die Witwe des Vetters Raffaele, öffnete uns die Tür und führte uns in ein Besuchszimmer.

Don Lorenzino kam schweigend herein und schweigend umarmte er mich auch; dann sah er zur Begrüßung alle anderen an, ließ ohne etwas zu sagen seinen Blick auf den nackten Armen von Biagios Tochter weilen und bat uns, auf dem Diwan und den mit blauem Brokat bezogenen Sesseln, der auf das Blau der Tapeten abgestimmt war, Platz zu nehmen. Wie alt mochte Don Lorenzino sein? Auf der Fotografie, die mein Vater zu Hause hatte, sah man einen jungen Priester von fünfundzwanzig Jahren mit einem rundlichen aristokratischen Gesicht und einer hohen, gewölbten Stirn über zwei stolzen und quicklebendigen Augen, die ein wenig vorstanden. Und so glaubte ich mich seiner erinnern zu können, obwohl er, als ich ihn kennenlernte, schon älter als vierzig war. Mir schien, als habe er sich in den vielen Jahren nicht sehr verändert. Er war immer noch derselbe wie auf der Fotografie. Die Haarfarbe war zwar silbern geworden, aber die Figur und die Augen waren jugendlich geblieben. Er war noch genau so hager und kerzengerade und wirkte stets elegant in seinem Priesterkleid, das immer korrekt zugeknöpft war. Nur der Purpur fehlte ihm, und man hätte ihn für einen der jungen Kardinäle halten können, wie man sie auf Bildern hinter den Thronen der Päpste stehen sieht, als wären sie die Stützpfeiler des ganzen Papsttums.

Don Lorenzino redete ruhig und sanft, seine Sprache war kaum vom Dialekt gefärbt, eher beseelt von seiner kräftigen, sonoren Stimme, die wie ein Cembalo klang. Seine ganze Persönlichkeit schien sich auf diese Stimme zu gründen und aus ihrem Tonfall Kraft zu schöpfen. Don Lorenzino war noch ein junger Mann und schloß gerade in Neapel sein Studium ab – damals lebte auch mein Vater dort –, als er ganz unerwartet zum Pfarrer von Roccalimata ernannt wurde. Sein Vorgänger, ein alter Priester von siebzig Jahren, war mit einem Messer im Bauch am Ende der Pfarrhaustreppe aufgefunden worden. Der Mörder stammte aus Roccalimata und war eigens für diese Tat aus Amerika herübergekommen. Es scheint, als handelte er im Auftrag mehrerer Landsleute, die den Tod des Pfarrers beschlossen hatten, als sie feststellen mußten, daß er seit Jahren die Gelder, die sie ihm für den Ausbau der Kirche schickten, für sich verbrauchte.

Don Lorenzino ließ die Kirche wieder instand setzen und machte sich an neue Aufgaben, die ihn von einem Jahr zum anderen sein ganzes Leben lang dort festhielten.

In fünfzig Jahren Kirchendienst war er ohne eine Runzel fünfundsiebzig Jahre alt geworden. Er war sogar Domherr der Kathedrale von Palermo; aber von seinen Doktortiteln der Theologie und Philosophie hatte er nur in einigen berühmten Fastenpredigten Gebrauch gemacht, die er in Catania und Syrakus gehalten hatte, als er noch in der Blüte seiner Jahre stand.

Ich kam also mit dem ganzen Geleit von Verwandten dort an, kannte aber ihr Verhältnis zum Dechanten nicht und wußte, als ich ihn nach seinem Alter gefragt und ihm Komplimente wegen seines jugendlichen Aussehens gemacht hatte, nicht mehr, was ich sagen sollte.

Doch er führte die Unterhaltung und sagte, wobei er mich mit Zuneigung betrachtete:

»Ich sehe dich noch als kleinen Jungen vor mir, als du die ersten Male nach Roccalimata kamst. Dann erinnere ich mich an das Jahr, in dem auch deine arme Mutter mitkam. Wie alt warst du? Vierzehn Jahre? Und an ein paar Jahre später, als du Taufpate bei Biagios Tochter wurdest.«

Er schaute flüchtig auf Ignazia, dann ließ er die

Augen auf Biagio ruhen, der seiner Schwester Borina die Mütze zu halten gegeben hatte und mit den Händen auf dem Bauch dasaß. Er blickte ihn lange an, und als er sah, daß Biagio ihm nicht den Kopf zuwandte, sagte er zu mir:

»Siehst du Biagio? Er ist Kommunist. Und er hat auch seinem Bruder Salvatore den Kopf verdreht, der ebenfalls Kommunist ist.«

»Sozialist«, wandte Salvatore demütig ein.

»Das läuft aufs selbe hinaus«, erwiderte der Dechant und fuhr mit trauriger und getragener Stimme fort: »Biagio hat mich verraten. Er war der Kirche treu, ein wirklich tätiger Gläubiger; immer zur Stelle, wenn ich ihn rief, immer fleißig und imstande, jede Aufgabe zu lösen, die ich ihm gab . . . denn dieser Lump ist intelligent. Unbelehrbar wie ein Esel, aber intelligent. Du hättest sehen sollen, wie unsere Gruppe der Christlich-demokratischen Partei dastand, als er dabei war! Eine Burg! Nichts unternahm man ohne Biagio. Und auch hier in unserem Haus war es dasselbe. Meine Schwägerin konnte nicht ohne ihn auskommen. Seit er uns verlassen hat, werden in diesem Haus nicht einmal mehr Tomaten eingekocht. Für uns war er kein Vetter, sondern ein lieber Sohn. Nicht wahr, Donna Costanza?«

Die Schwägerin, die gerade von einem Dienstmädchen Kaffee hereintragen ließ, nickte ernst, ohne Biagio anzusehen. Don Lorenzino fuhr fort:

»Dann hat er uns verraten, der Schuft. Deshalb geht er, wenn er mich trifft, auf die andere Straßenseite, dieser Gehörn . . .«

Er hielt inne und verdrehte leicht die Augen. Biagio

antwortete nicht. Er hatte begonnen, wie ein Fisch den Mund zu öffnen und zu schließen, aber nicht wegen der Worte des Priesters, sondern weil er an Asthma leidet und die Anfälle ihn überraschen, wenn er sie am wenigsten erwartet. Tatsächlich wandte er sich halb erstickt an seine Schwester Borina und bat mit krächzender Stimme:

»Die Medizin!«

Borina reichte ihm einen Inhalator. Er hatte sich auf die Lehne des Sessels gestützt und sprühte sich nun vier- oder fünfmal mit dem Zerstäuber die Medizin in den Rachen. Dann gab er das Bällchen an seine Schwester zurück, setzte sich wieder zurecht und legte die Hände auf den Bauch.

Don Lorenzino, der ihn nicht einmal beachtet hatte, nahm, zu mir gewendet, den Faden seiner Rede wieder auf:

»Diese Gemeinde hier ist seit Ende des Krieges immer christlichdemokratisch gewesen; jetzt aber haben sie die Verwaltung an sich gerissen. Und seit vier Monaten bekommen die Angestellten kein Gehalt mehr.«

»Seit zwei Monaten«, sagte Biagio mit matter Stimme.

»Vier«, beharrte der Dechant und erhob die Stimme. »Vier, vier, und das ist noch gar nichts. Ich erwarte noch tolle Sachen von Euch! Aber ich werde hundert Jahre alt, und ich werde es erleben, wie ihr alle einmal demütig mit dem Gesicht am Boden liegt!«

Biagio geriet auf dem Sessel in Bewegung. Salvatore sah nur mit einem Auge zu seinem Bruder hinüber, während Borina tief seufzte. Biagios Tochter, die nichts verstand, lächelte und streichelte sich die nackten Arme.

Die Schwägerin des Dechanten, die halb im Zimmer, halb in der Küche dem Gespräch gefolgt war, glaubte einschreiten zu müssen:

»Biagio«, sagte sie mit matter, gutmütiger Stimme, »ist ein rechtschaffener Mann. Gewiß, er hat den Weg verfehlt, aber wenn er sich einmal darüber klar ist, wird er umkehren und noch christlichdemokratischer sein als früher . . .«

»Nicht einmal, wenn ich sterbe, und auch kein Christ. Was geschehen ist, ist geschehen«, sagte Biagio, schüttelte den Kopf und sah auf seinen Bauch.

Don Lorenzino betrachtete ihn lange schweigend. Dann sprach er, als hätte er diese Antwort nicht gehört, weiter:

»Sie bezahlen die Angestellten nicht, sie lassen das Dorf verkommen, sie halten die Leute von der Kirche fern.«

Er zeigte auf eine von Biagios Taschen, aus der ein gelber Briefumschlag hervorsah, und sagte: »Schau ihn dir an, mit diesem Umschlag in der Tasche! Das ist das Zeichen seiner Autorität: darin werden die Methoden erläutert. Aber was für Methoden!«

Dann wandte er sich ausschließlich an Biagio und endete:

»Bauer und Esel bist du, Bauer und Esel wirst du bleiben.«

Biagio nickte mit dem Kopf.

Der Dechant hatte sich alles vom Herzen geredet, was ihn bedrückte und was er dem Vetter niemals so bequem, vor so vielen Zeugen aus der Familie und geradezu feierlich hatte sagen können.

Vielleicht ärgerte ihn der Verrat an der Familie mehr als der an der Gesinnung; aber bitterer als alles andere war für ihn die politische Niederlage, die er vor kurzem hatte hinnehmen müssen; sie rumorte in ihm, und der Haß auf die neuen Zeiten, die ›gottlose Zukunft‹, von der mit unbewußter Frechheit Biagios Tochter ein Beispiel gab, die ihm mit Pfennigabsätzen und nackten Armen ins Haus gekommen war. Um zu beweisen, was seine Arbeit während fünfzig Jahren in einem, wie er sagte, armen und von allen vergessenen Dorf erbracht hatte, wollte er uns die Kirche zeigen, die er vollständig erneuert, das Asyl, das er eröffnet hatte, das Gemeindehaus mit dem Fernsehapparat und den Billardtischen und den neuen Sitz der Azione Cattolica.

Biagio und Salvatore kamen mit und betraten die Kirche mit der Mütze in der Hand.

Bei jeder Neuerung, die Biagio sah, nickte er zustimmend mit dem Kopf. Er warf auch einen Blick in die Räume der Azione Cattolica, in denen seine Schwester herrschte, und besichtigte eingehend die hygienischen Einrichtungen des Gemeindehauses, die die besten im Dorf waren.

Als wir wieder auf den Platz hinausgetreten waren, wollten wir uns verabschieden, aber der Dechant, der solche Herzlichkeiten wie Umarmungen in der Öffentlichkeit nicht billigte, forderte uns auf, noch einmal in sein Haus zu kommen, wo er uns allen die Hand gab.

Als ich als letzter die Treppe hinuntergehen wollte, sagte Donna Costanza mit leiser Stimme zu mir:

»Morgen erwarten wir Sie zum Mittagessen.«

Vom Haus des Pfarrers aus pilgerten wir zu denen der Verwandten.

»Das ist Isabella«, sagten sie in einem Haus, »die Tochter eines Vetters des Großvaters deines Vaters.«

»Das«, sagten sie in einem zweiten, »ist Don Lorenzo, ein Sohn eines Neffen deines Onkels Peppino, der in Termini Imerese an der Cholera gestorben ist.«

»Das hier ist Donna Palmina«, sagten sie in einem Haus, das vier Schritte vom ersten entfernt lag, »eine Nichte deines Großonkels Don Rosalino und Witwe von Don Filippo Accurso, der in Amerika gestorben ist.«

»Und das hier«, sie zeigten auf ein altes Weiblein in einem Sessel, »ist die Tochter deiner Tante Clementina, die in zweiter Ehe euren Vetter Mazzanobile geheiratet hat; also ist sie zweimal mit dir verwandt.«

Von Haus zu Haus gingen wir und begrüßten Verwandte. Einige lebten in bescheidenen Wohnungen, andere in alten Behausungen, wo die Haustiere ihren Platz in der Küche oder hinter dem Bett hatten. Alle boten uns Kaffee, Wein und Eis an.

Als wir wieder zu Hause waren, wurde über den Besuch beim Pfarrer gesprochen.

»›Mit dem Gesicht am Boden‹ hat er gesagt. Hast du das gehört?« sagte Biagio zu mir.

»Demütig«, mischte sich seine Schwester Borina ein, »wandeln wir alle in diesem Erdental.«

»Ja, natürlich«, gab Biagio zu, »aber ich weiß, was er damit sagen wollte!«

»Er wollte sagen«, erwiderte seine Schwester, »daß auch Ihr Euch beugen müßt, denn Gott der Herr hat auch die gebeugt, die hartnäckiger waren als ihr.«

»Ich habe nichts gesagt«, wechselte Biagio das Gespräch und sah mich an, »mit Rücksicht auf dich, auch als er drauf und dran war, mich Gehörnter zu nennen.«

»Du Armleuchter! Er hat dich Gehörnter genannt?« jammerte meine Tante Concetta, die auf einem Stuhl saß und unserem Gespräch nicht gefolgt zu sein schien.

»Ich habe nichts gesagt, weil ich ja an mich halten kann«, fuhr Biagio fort, ohne auf die Mutter zu achten, »aber ich wollte ihm sagen, daß ich einfach die Pflicht verspürte, einen anderen Weg einzuschlagen; daß ich, mit Rücksicht auf meine Eltern, nicht gegen mein Gewissen handeln konnte. Und das hat er nicht verstanden und auch nicht verstehen wollen. Ich bin reifer geworden. Spät, weil ich dumm bin, aber ich bin reifer geworden. Ich habe eingesehen, daß ich auf der falschen Seite stand. Natürlich, für ihn ist das ein Verlust. Für ihn war ich aber auch die bequemste Lösung: Biagio hierhin, Biagio dorthin, viel Vertrauen, viele schöne Worte, und welchen Lohn bekam ich? Keinen. Ich wollte ihn unter anderem daran erinnern, daß er mir in all den Jahren, die ich ihm gedient habe, überhaupt kein Geld gegeben hat.«

»Jetzt dagegen«, sagte ich zu ihm, »als Sekretär der Genossenschaft beziehst du sicher ein Gehalt?«

»Nein, auch nicht eine Lira.«

»Das ist aber wirklich Schicksal!«

»Ja«, gab er zu, »man sieht, das ist Schicksal. Aber

das kümmert mich nicht: ich kann von Brot und Zwiebeln leben. Ich habe schon immer im Elend gesteckt, von klein auf. Nie hab ich eine Uhr besessen. Aber jetzt habe ich ein Büro auf der Piazza, erteile Anordnungen und werde von den Leuten respektiert. Vorher war ich ein Sklave, jetzt fühle ich mich frei.«

Am Nachmittag desselben Tages faßte ich den Entschluß, nach Altapietra zu fahren, wo eine andere Tante von mir lebt. Ich konnte nicht mehr als drei Verwandte mitnehmen und wählte Biagio, Salvatore und seine Frau aus. Aber weitere fünfzehn brachen nach Altapietra auf, teils mit dem Postomnibus, teils mit einem alten Mietauto, in das sie zu sechst einstiegen.

Siebentes Kapitel

Altapietra erreicht man, wenn man am Ende einer fünfzehn Kilometer langen Bergstrecke von der Hauptstraße abbiegt. Es liegt nicht auf dem Gipfel eines Berges wie Roccalimata, sondern vor einer grauen Felswand hinter einem Vorhang von Olivenhainen.

Kaum waren wir angekommen, so gingen wir zu Tante Rosaria. Ich lief vornweg und fand diesmal den Weg allein, was die Verwandten sehr wunderte. Ich stieg eine Treppe hinauf, an die ich mich noch erinnerte, und stand vor Tante Rosaria: einer beleibten Frau von achtzig Jahren mit dem Gesicht einer Äbtissin, das in nichts den noch lebenden Geschwistern ähnelte. Sie war, wie man sagte, das genaue Abbild meiner Großmutter, Angiola Cammarata, die auch so dick war und deren Mann wiederum das Ebenbild meines Vaters war, das heißt, er war nur mittelgroß, um nicht zu sagen: klein.

Als Frau und später als Witwe eines Grundbesitzers hatte Tante Rosaria niemals wie Tante Concetta die Postanweisungen meines Vaters benötigt. Im Gegenteil, als wir nach Sizilien kamen und ihr Mann, Archimede, noch lebte, nahm sie uns recht großzügig auf. Zu Weihnachten schickte sie uns einen halben Sack Mandeln, einen Pecorino und manchmal auch eine Korbflasche mit grünem Öl, das mein Vater nur zum Salat verwendete und mit dem er so sparsam umging, daß es das ganze Jahr reichte.

Einmal kamen wir nach Altapietra und trafen Archimede an, der völlig außer Fassung war. Er hatte am Tag zuvor einen Brief erhalten, in dem er aufgefordert wurde, zehntausend Lire unter einen Olivenbaum zu legen, der ein paar Kilometer weit vom Dorf entfernt stand. Mein Vater wußte, wer der Mafiachef des Ortes war und machte ihm einen Besuch. Als er zurückkam, war alles in Ordnung. Der Briefschreiber war ein ausgestoßenes Mitglied, das den Namen der Mafia mißbrauchte.

Der Onkel zeigte uns daraufhin sein ganzes Geld. Es waren vierzig- oder fünfzigtausend Lire, die er unter einem Getreidehaufen in einem Scheffel aufbewahrte, der mit einem Blechdeckel verschlossen war. Archimede, der Analphabet war und die Banknoten zählte, indem er sie in viele Reihen vor sich auf die Erde legte, wollte von meinem Vater nur bestätigt haben, daß er richtig gezählt hatte, und der fand alles in Ordnung.

Der Onkel war Analphabet, konnte aber Englisch, weil er einige Jahre in Amerika gearbeitet hatte. Er erzählte von seinen Reisen zur See, von den Fahrten auf den amerikanischen Flüssen bis nach Kanada hinein, wohin er als Goldsucher gekommen und wo er schließlich Arbeiter in einer Ziegelei geworden war. Kaum machte er den Mund auf, da schwiegen alle, um von dem Gold erzählen zu hören, das man wie Kartoffeln aus der Erde hackte.

In seinem Haus war ich immer gern. Er hatte einen

Sohn in meinem Alter, Carmelo, und zwei schöne Töchter, Domenica und Giovannina. Die erste war verlobt, die zweite fünfzehn Jahre alt und so schön, daß ich sie nicht als Kusine betrachten konnte. Ihr Körper war so edel geformt wie eine Altarsäule, ihre Augen und ihr Haar waren schwarz und ihr Gesicht bleich. Giovannina hatte schon, obwohl sie noch so jung war, diesen feuchten, zerstreuten Blick, wie ihn lüsterne junge Frauen haben. Wenn sie sich setzte, oder bei den geringsten Bewegungen ihres Körpers, nahmen ihre Konturen diese weder runde noch ovale Form an, die so selten auf der Welt ist und auf die Männer nur mit erhöhter Drüsentätigkeit reagieren, zumal nicht das Auge sie wahrnimmt, sondern das gesamte Lymph- und Nervensystem.

Mit Domenicas Verlobtem, einem schweigsamen Jungen namens Nicuzzo, ritt ich zu Pferd durch das Land. Ich war sehr eng mit ihm befreundet, besonders wegen einer seiner Schwestern, Catina, die so alt wie ich war und mir den Kopf verdreht hatte. Sie war ein stilles Mädchen mit brauner Haut, samtweichen Augen und dunklem Flaum auf der Oberlippe. Den ganzen Tag hielt sie sich auf einem Balkon auf, der aufs Land hinaus sah, und stickte auf einem Stickkissen an ihrer Aussteuer. Wenn ich nicht mit Nicuzzo zu Pferde im Gebirge war, saß ich bei ihr und erzählte ihr vom Lago Maggiore, von Rom, vom Papst und von Neapel, ohne jemals den Mut zu finden, ihr auch nur eins der zärtlichen und hinterlistigen Schmeichelworte zu sagen, die ich mir zurechtgelegt hatte.

Als ich sie eines Tages an einem Nachthemd sticken

sah, sagte ich zu ihr, daß ich sie gern einmal in diesem Hemd sähe. Sie wurde blaß, und der Fingerhut fiel ihr vom blutleeren Finger. Ich war mir nicht bewußt, etwas Besonderes gesagt zu haben, aber diese wenigen Worte hatten genügt, mich ihr verdächtig zu machen. Alles was ich jetzt noch sagte, ließ sogleich ihr rundes, dunkles, orientalisches Mädchengesicht ängstlich werden. Sie senkte den Kopf auf das Stickkissen, und ich starrte auf ihren Haaransatz über der ein wenig niedrigen Stirn.

Da ich sie nicht anrühren durfte, reagierte ich mich damit ab, daß ich sie mit einem Fotoapparat Marke Contessa Nettel, den ich auf diese Reise mitgenommen hatte, fotografierte. Ich machte von ihr Bilder auf dem Balkon ihres Hauses, auf der Straße und auf dem Land, wenn die ganze Familie hinauszog, um den Tag auf dem Gut von Onkel Archimede zu verbringen. Nach jeder Fotografie richtete sie sich verlegen und mit niedergeschlagenen Augen wieder her, als hätte ich sie angefaßt. Oder sie lief aufgescheucht und mißlaunig fort und durchbohrte mich mit süßen Blicken voller Tadel für das, was ich ihr angetan hatte. Wenn wir auf dem Balkon waren, setzte sie sich erschöpft nieder und stützte den Kopf auf die Sessellehne. Das gab mir wieder neuen Mut, und ich fotografierte sie immer weiter, auch wenn ich keinen Film mehr hatte, und täuschte eine langwierige Bildeinstellung vor, allein um des Vergnügens willen, das mir dieser kleine Gewaltakt bereitete, wenn ich ihr Auge in Auge gegenüber saß, bis der Auslöser ins Leere knipste. Dann klappte ich den Apparat zusammen, ordnete das Zubehör, legte alles ins Futteral, als müßte ich mich meinerseits nun wieder fangen, und beobachtete, wie Catina sich schämte und ein Gesicht machte, als hätte sie mir alles gegeben.

Einem anderen hätte man niemals solche Freiheit gelassen, aber ich kam vom Festland und wurde für harmlos gehalten. So konnte ich es mir auf dem Balkon gemütlich machen, aber Catina brachte auf der Stelle keine gleichmäßigen Stiche mehr zustande und mußte zuweilen mit Sticken aufhören, um sich von der Angst zu befreien, die ihr meine Anwesenheit bereitete. Dann richtete sie einen schweren, schon ganz fraulichen Blick auf mich, der sich in der Weite der Felder verlor und endlich resigniert und finster auf das Stickkissen zurückkehrte.

Mit nur sechzehn Jahren dachte ich ans Heiraten, aber daran war wahrscheinlich das Klima schuld wie an der Malaria, denn ich brauchte nur wieder am Lago Maggiore zu sein, um nicht mehr daran zu denken.

Bei unserer Ankunft war meine Tante Rosaria allein zu Hause; und als die ganze Gesellschaft, die mit mir aus Roccalimata gekommen war, sich ins Zimmer drängte, sah ich in einem Winkel die zwei Meter hohe Statue des heiligen Joseph wieder, die der Stolz von Onkel Archimede gewesen war. Jedes Jahr kam die Bruderschaft und holte sie sich, um mit ihr eine Prozession zu veranstalten; und auch mein Onkel zog sich dann die Tracht eines Laienbruders an und folgte seinem Heiligen mit einer Wachslilie in der einen Hand und einer Kerze in der anderen.

Von ihrem Haus aus begleitete uns die Tante zu dem ihres Sohnes Carmelo. Ich fand einen kahlköpfigen, untersetzten und zurückhaltenden Mann vor, der nichts mehr von dem Jungen von damals hatte. Carmelo bestellte seine Äcker mit ein paar Tagelöhnern und unterhielt eine Tischlerwerkstatt, in der er alle Arten von Kisten und Möbeln herstellte, nur keine ›Pestladen‹, das heißt Särge.

Im letzten Krieg war er Soldat in Afrika und von den Engländern gefangengenommen worden. Seine Mutter schrieb uns damals einen Brief, in dem es hieß: »Mein Sohn Carmelo ist in einem Land gefangengenommen worden, das Djarabubi heißt.« Ich fragte Salvatore, ob es sich um die Oase Djarabub gehandelt habe und ob er dort mit Colonel Castagna bei jener Belagerung zusammengetroffen sei, von der Bücher und Fotografien berichten. Er sagte ja, er sei bei Colonel Castagna gewesen.

Ich versuchte, ihn zu bewegen, irgend etwas zu erzählen, aber er konnte sich an nichts weiter erinnern, als daß sie hungerten und sich nach vielen Wochen hatten ergeben müssen. Wasser hatten sie, seiner Erinnerung nach, genug. Etwas anderes hatte er wohl nicht bemerkt. Er erinnerte sich jedoch, als Gefangener nach Ägypten gebracht worden zu sein, dann nach Indien oder Australien und schließlich nach England.

»Böse Zeiten«, sagte ich zu ihm.

»Nein«, antwortete er, »wir reisten, wie aßen, ein bißchen arbeiteten wir, besonders in England.«

»Aber den Krieg«, beharrte ich, »hast du den Krieg nicht dreckig gefunden?«

»Nein. Krieg ist Krieg, das weiß man ja. Aber wir waren alle Sizilianer. Wir reisten, wir aßen . . . Als Soldat bin ich in ganz Italien herumgekommen, auch zur

See bin ich gefahren. Das war ein Leben! Aber jetzt sind wir hier.« Und er zog eine Grimasse, die den Kindern, seiner Frau und seiner Werkstatt sagen sollte, daß das hier kein Leben mehr war.

Zusammen mit seiner Mutter, seiner Frau und seinen drei Söhnen gingen wir zu seiner Schwester Domenica hinüber, der Frau von Nicuzzo. Sie hatte fünf Kinder und war schon zweimal Großmutter; aber sie war die einzige, die sich kaum verändert hatte und die ich auch auf der Straße hätte wiedererkennen können. Nicuzzo dagegen war ein schwerer und nachdenklicher Mann geworden. Er verstand sich sofort gut mit Biagio – Bauch an Bauch standen sie beisammen –, weil auch er Kommunist und Vorsitzender in seinem Dorf war.

Ich fragte die Kusine, was aus Catina geworden sei. Domenicas Gesicht begann zu leuchten. Sie erinnerte sich, wie ich damals, ein Gimpel, bei Catina auf dem Balkon saß und vielleicht fiel ihr auch wieder der Klatsch ein, den sie sich noch jahrelang darüber erzählt hatten. Sie sagte mir, Catina lebe in Arezzo, sei verheiratet und habe viele Kinder. Auch sei sie schon Großmutter.

Inzwischen waren wir mit den Verwandten aus Roccalimata und denen aus Altapietra ein Zug von mindestens dreißig Personen geworden, und so gingen wir zum Haus von Tante Rosarias anderer Tochter. Wir trafen Giovannina an, wie sie mitten im Zimmer auf einem Stuhl saß und sich vor Zahnschmerzen die Wange hielt. Sie war nicht wiederzuerkennen: eine Frau ohne Figur, liederlich gekleidet, in schlechter Laune wegen der Schmerzen und ärgerlich darüber, daß wir sie mit geschwollenem Gesicht überraschten.

An der Wand über ihrem Kopf hing die Vergrößerung eines Fotos, auf der man sie mit ihrem Mann am Hochzeitstag sehen konnte. Zu der Zeit war sie sechzehn Jahre alt, und trotz der schlechten Fotografie strahlte aus dem Bild ihre Schönheit durch den ganzen Raum und ließ sogar die Frauen immer wieder hinsehen. Darunter saß sie nun auf dem Stuhl und blickte mit denselben Augen um sich: das war auch das einzige in ihrem Gesicht, was sich noch nicht aufgelöst hatte. Ihre sieben Kinder und ihr Mann Ernesto Minudoco kamen mit Wein und Eis herbeigeeilt. Auch hier wurde ich also erwartet, und Ernesto, ganz Herr des Hauses, setzte sich zu mir und wollte mir nun von seinen Angelegenheiten berichten. Mit Wohlgefallen bemerkte er meine vielen raschen Blicke, die der Vergrößerung galten. Mit einem Blitzen in seinen schielenden Augen kam er mit seinem Mund dicht an mein Ohr und flüsterte mir zu:

»Giovannina war schön, was?«

»Ja, ich weiß, ich weiß. Ich habe sie vor dir gekannt«, sagte ich, um ihn aufzuhalten. Aber er redete weiter und erzählte mir immer direkt ins Gesicht, damit die anderen nichts verstehen konnten, daß der Fotograf in Palermo, wo sie sich ein paar Tage vor der Hochzeit hatten fotografieren lassen, zweimal ohnmächtig geworden sei, als er Giovannina in die rechte Positur brachte.

Dann sagte er, seine Arbeit bestehe darin, in einem weiten Gebiet der Provinz Enna die Aufforstung zu leiten, und er habe diesen Posten wegen seiner politischen Verdienste erhalten.

Ich wußte schon, daß Ernesto in den Dörfern hier der ›Große Wähler von Alessi‹ genannt wurde, aber er selbst berichtete mir sogar tiefbefriedigt davon.

»Hier«, flüsterte er mir weiter ins Ohr und machte eine halbe Kreisbewegung mit der offenen Hand, »hier führen wir das Kommando.«

»Wer, wir?« fragte ich.

Er setzte sich, ein bißchen erstaunt über meinen Ton, zurück und schloß etwas weniger sicher:

»Wir, wir aus Alessi.« Dann setzte er sich woanders hin und überließ den Platz meiner Tante Rosaria, die mich noch gar nicht richtig hatte betätscheln können.

Es blieben noch einige Verwandte in Altapietra zu begrüßen. Aber nach drei Besuchen war es spät geworden, und wir gingen zum Abendbrot zu Nicuzzo, wohin auch der Christdemokrat Ernesto, seine Frau mit geschwollenem Gesicht und die Schwadron seiner Kinder kamen, alle Analphabeten, aber fromm.

Die achtzehn Verwandten, die mir aus Roccalimata gefolgt waren, verteilten sich auf die Häuser von Angehörigen und Freunden und blieben über Nacht in Altapietra. Ich bekam das noch kaum benutzte Ehebett von Domenicas ältestem Sohn in einem einzelstehenden Haus.

Am nächsten Morgen kamen alle jüngeren Verwandten zusammen herüber und brachten mir den Kaffee. Noch ganz verschlafen öffnete ich allen diesen festlich gekleideten Mädchen, die sogleich hereinkamen: eine mit dem Kaffeetopf, eine mit der Zuckerdose, und andere mit dem Teller, der Tasse, dem Löffel oder der Tischdecke. Ich hatte kaum Zeit, wieder ins Bett zu schlüpfen; nicht einmal den Nachttopf konnte ich mehr verstecken. Die junge Frau, in deren Bett ich geschlafen hatte, führte sie alle an, und sie machten sich einen Spaß daraus, mich wie Hofdamen zu bedienen. Eine von ihnen leerte das Nachtgeschirr aus dem Fenster, und die anderen gaben keine Ruhe, bevor ich nicht mehrere Tassen Kaffee getrunken hatte.

Nach und nach versammelten sich die Verwandten wieder. Nicuzzo brachte seinen Barbier samt allen Utensilien mit, und ich mußte mich vor allen im Schlafanzug rasieren lassen. Aus dem Bett wurde ein gesticktes Laken gezogen und mir umgehängt, und so saß ich dann auf einem kleinen Sessel und ließ mir den Bart abnehmen, während dreißig Personen im Kreis um mich herumstanden.

Als der junge Friseur bei der Nachrasur war, fragte ich ihn, wieviel er verdiene.

»In meinem Frisiersalon«, sagte er ohne Atem zu holen, »habe ich mehr als sechzig Dauerkunden, die zweitausendfünfhundert Lire im Jahr bezahlen, für einmal Haarschneiden im Monat und zweimal Rasieren pro Woche.«

»Das ist wenig«, bemerkte Biagio, der hinter mir stand. »Für dasselbe bezahle ich in Roccalimata vier Scheffel Gertreide im Jahr.«

»Was soll man machen«, meinte der junge Mann und wetzte das Rasiermesser an dem Ledergurt, »in Altapietra gibt es fünfzig Frisiersalons.«

»Wieviele Einwohner hat Altapietra?« fragte ich.

»Fast dreitausend«, wurde mir geantwortet.

»Der Bart«, sagte Nicuzzo, »gehört zu den wichtigsten Erzeugnissen Siziliens, er ernährt zehntausende von Menschen.«

»Ja«, sagte der junge Mann, »für den Augenblick lebt man. Aber ich will fort von Sizilien und mir in Oberitalien eine Stelle als Arbeiter suchen.«

»Auch wir wollen fortziehen«, sagten gleichzeitig die beiden Jungverheirateten, die mir das Bett überlassen hatten. »Wir gehen nach Pistoia, wo wir Verwandte haben und wo viele Fabriken sind. Unsere Kinder sollen in Oberitalien zur Welt kommen.«

»Und das Land?« fragte ich.

»Das Land«, antwortete Nicuzzos Sohn, »das wird schon jemand bestellen.«

Er sah seinen Vater an, der nichts sagte, und fuhr fort:

»Ich habe meinen Militärdienst bei den Bersaglieri in Pordenone geleistet und gesehen, wie man in Oberitalien lebt. Besser, man schläft da oben auf einem Tisch als hier in diesem Bett.«

Seine Frau war derselben Meinung. Aber seine Mutter nicht. Domenica, die mir am Abend vorher die Fotografien ihres Sohnes in der Uniform eines Bersagliere und zwei oder drei dunkle Federn von der Mütze gezeigt hatte, die sie in einem Umschlag aufbewahrte. Domenica traten angesichts der allgemeinen Gleichgültigkeit Tränen in die Augen, während sie lächelte.

Nachdem ich aufs beste rasiert war, machte ich mit der ganzen Gesellschaft noch einmal in den Häusern Besuche, in denen ich schon am Tag zuvor gewesen war. Zum Schluß gingen wir zu Tante Rosaria. Als ich mich verabschiedete, sah ich bei einer Umarmung, wie

Nicuzzo und sein Sohn, der Bersagliere, das Kreuz schlugen, als sie an der großen Statue des heiligen Joseph vorbeigingen.

»Wir sehen uns nicht wieder«, sagte weinend meine Tante, als ich aus ihrem Haus ging. »Wir sehen uns nie wieder!«

Vor dem Keller, in dem sich einmal Onkel Archimedes Stall befand, war Carmelo mit seiner Familie angetreten, um mir an der Schwelle seines Reichs Lebewohl zu sagen. Er hatte den Raum zu einer Tischlerwerkstatt ausgebaut. Ich mußte eintreten und mir die ›Maschinen‹ ansehen, eine Kreissäge und eine Hobelbank, die die Plätze von Esel und Pferd einnahmen. Die Maschinen standen still und schienen nicht benutzt zu werden. Carmelo erklärte mir, daß sie zwar noch nicht die ›Industrie‹ ins Dorf gebracht hätten, daß sich aber sein Schwager Minudoco mit der Sache befasse und daß die Industrie mit Hilfe von ganz Alessi innerhalb eines Jahres oder spätestens binnen zwei Jahren da sein werde.

»Das dauert schon ganz schön lange, daß sie diese Industrie herbeischaffen wollen«, murmelte seine Frau enttäuscht.

»Kein Bange«, sagte Carmelo gelangweilt, »sie kommt. Ich habe keine Eile, und die Maschinen brauchen kein Futter wie Tiere.«

Dann umarmte er mich. Ich bückte mich, um seine Kinder zu küssen, verabschiedete mich von seiner Frau und trennte mich vor der Werkstattür von ihm, an der er breitbeinig und mit eingezogenem Kopf stehenblieb.

Achtes Kapitel

Um Punkt halb eins stand ich in Roccalimata beim Pfarrer vor der Tür. Ich wurde von dem Dienstmädchen hereingeführt, und Don Lorenzino kam mir, ganz anders als am Vortag, mit heiterem Gesicht entgegen. Seine Augen waren nicht mehr ernst, sondern lachten wie die eines jungen Mannes. Er begrüßte mich mit vielen verbindlichen Worten, als hätten wir uns vor vierundzwanzig Stunden nicht schon gesehen, und bedankte sich für einige Bücher, die ich ihm in den vergangenen Jahren geschickt hatte, und für das Geld, das ihm mein Vater alle Jahre für Seelenmessen zukommen ließ.

Biagio und die ganze lebende Verwandtschaft überging er völlig und begann, mir von unseren Vorfahren zu erzählen. Das war ein Gespräch, das auch ich mit ihm hatte führen wollen, und so fing ich an zu fragen:

»Erinnerst du dich, daß ich, als du mir vor einigen Jahren die vollständige Abschrift der Geburtsurkunde meines Vaters schicktest, dich bat, die Frage zu klären, ob er am 24. Dezember 1866 oder am 3. Januar 1867 geboren sei?«

»Ich erinnere mich: ich hatte dir erklärt, scheint mir, daß damals in Sizilien kein Junge im Dezember geboren wurde. Oder besser gesagt, die im Dezember Geborenen wurden erst zwischen Neujahr und Epiphanias beim Standesamt angemeldet, um ihre Einberufung zum Wehrdienst um ein Jahr zu verzögern.«

»Ja, das hast du mir geschrieben. Aber jetzt interessiert mich noch etwas anderes: auf dieser Urkunde, die du mir geschickt hast und die ich sorgfältig aufbewahre, fügt der Standesbeamte der Geburtsanzeige, die die Hebamme aufgegeben hat, hinzu: Die die Anzeige aufgebende Person hat auf meine Nachfrage erklärt, daß der Vater des Kindes nicht persönlich erscheinen konnte, um die Anzeige vorzunehmen, da er sich im Gefängnis befindet. Kennst du den Grund für diese Gefängnisstrafe? Mein Vater hat mir nie etwas davon erzählt.«

»Mein Sohn«, antwortete er, »ich wurde zwanzig Jahre nach deinem Vater geboren; aber aus allem, was mir mein Vater darüber gesagt hat, weiß ich, daß unser Großvater Liborio wegen eines Unglücksfalls eingesperrt wurde, der später die ganze Familie in Armut brachte. Das war die Explosion in der Fabrik. Großvater besaß diese Fabrik für Feuerwerkskörper, die größte der Umgegend, in der er ein paar Arbeiter beschäftigte. Eines Tages, als man das Feuerwerk für ein Fest vorbereitete, flog die Fabrik in die Luft. Er war nur eben einmal austreten gegangen und kam so davon; aber man gab ihm die Schuld am Tod der drei Arbeiter, und er mußte für ein paar Monate ins Gefängnis von Santa Vittoria. Das ist es, was ich weiß.«

»Weißt du auch, wie er starb?«

»Natürlichen Todes.«

»Aber die Geschichte mit dem Ei kennst du nicht?«

»Mit welchem Ei?«

»Ich sehe, du kennst sie nicht. Großvater litt an chronischem Husten, und mein Vater brachte ihm aus Neapel eine Schachtel Catramina-Bertelli-Pastillen mit, die waren damals eine Neuheit. Großvater wurde den Husten los, starb aber nach einigen Tagen vor den Augen meines Vaters, der ganz betroffen war von der Art, wie der alte Mann auf sein letztes Stündlein zuging.

Als nämlich seine Töchter sahen, wie schwach und krank er war, brachten sie ihm ein Ei zu essen, als hätte ihn ein Ei wieder zu Kräften bringen können. Er saß auf einem Stuhl, und sie setzten ihm das Ei vor; aber der Großvater betrachtete es, zeigte dann auf die Enkelchen, die um ihn herumstanden, und sagte: ›Gebt's den Jungen, heute abend um sechs bin ich schon tot.‹

Er verzichtete auf das Ei, wollte es nicht unnütz essen, weil er wußte, daß er sterben würde, und vermachte es den Enkeln. Es scheint eine Hungerzeit gewesen zu sein, und um so ein Ei machte man viel her. Aber das Wichtigste kommt jetzt, und ich wundere mich, daß du das nicht weißt: Großvater starb wirklich an dem Tag abends um sechs Uhr, genau wie er es gesagt hatte. Das grenzte nach Meinung meines Vaters an ein Wunder.«

»Ja«, gab Don Lorenzino zu, »das ist wirklich etwas, was nur einigen Heiligen gewährt wurde. Aber das Ei? Was wurde aus dem Ei?«

»Ich glaube, sie haben es im ersten Augenblick nicht gegessen, sondern erst nach dem Tod des Großvaters, zum Abendbrot. Du müßtest dich eigentlich daran erinnern, denn du wurdest fünfundzwanzig Jahre vor mir geboren und warst also unter den Enkeln, denen er das Ei hinterließ.«

»Ich erinnere mich wirklich nicht daran. Aber ich bin dir dankbar für diese merkwürdige Einzelheit, die ich noch nicht kannte.«

»Unser Großvater«, nahm ich das Gespräch wieder auf, »hieß also Liborio; aber wie hieß sein Vater?«

»Giuseppe, der war Arzt. So ein Arzt von früher, der die Krankheit feststellte, indem er von dem Urin des Kranken kostete.«

»Und Giuseppes Vater?«

»Alessandro, der war Grundbesitzer, möglicherweise sogar Baron von Ghiribbò, aber mindestens doch einfacher Adliger. Ghiribbò mit seinem Gut gehörte bis vor zweihundert Jahren unserer Familie. Aber du willst ja den ganzen Stammbaum kennenlernen!«

»Das würde ich gern.«

»Ach, wer sucht den jetzt hervor? Ich habe diese Nachforschungen vor vielen Jahren gemacht, aber ich bin bei Alessandro stehengeblieben: vor ihm gibt es nichts Sicheres. Nicht einmal über das Gut von Ghiribbò gibt es Gewißheit . . . Es scheint, daß dieser Alessandro ein einfacher Bauer war und später der Vertrauensmann eines Barons von Ghiribbò wurde. Als der Baron starb, heiratete Alessandro die Witwe. Diese schenkte ihm, schon in reifem Alter, einen einzigen Sohn, Giuseppe, den Alessandro studieren ließ und dem er viel Geld vererbte. Aber nicht das Gut, das er gerechterweise den Söhnen aus der ersten Ehe der Baronin ließ – wahrscheinlich hat es Alessandro später gekauft.

Ich kann dir weiterhin noch sagen, daß Giuseppe

folgende Kinder hatte: Alfonso, Liborio, Giovanni, Filippo, Rosario, Alessandro, Eugenio, Daniele, Irene, Carolina, Francesca, Ignazia und Clementina. Die Nachfahren von Alessandro leben hier im Dorf, die von Eugenio in Alimena, während man von Danieles nichts weiß. Großmutter sagte mir einmal, daß Daniele mehr aus Hunger, den er zu Hause litt, als aus anderen Gründen mit fünfundzwanzig Jahren Mönch wurde, dann als Missionar zu den Kannibalen ging und nie mehr zurückkam.«

»Daran sieht man, daß auch die Kannibalen Hunger hatten.«

»Ja, das sieht man. Ich habe mich so sehr bemüht, die Spuren dieses Frommen aus unserer Familie wiederzufinden, der vielleicht sogar ein Märtyrer ist, aber leider habe ich fast nichts entdeckt. Es hat viele Brüder gegeben, die in Afrika oder Polynesien als Märtyrer gestorben sind. Doch keiner hieß Daniele; und das ist ganz natürlich, denn wenn die Brüder in den Orden eintreten, nehmen sie stets einen anderen Namen an. Aber von allen habe ich auch den Nachnamen herausbekommen; und so mußte ich ausschließen, daß Daniele dabeigewesen ist. Von dreien nur habe ich überhaupt nichts erfahren können. Und so höre ich nicht auf zu glauben und zu hoffen, daß Daniele einer von denen war, die vor gut achtzig Jahren auf Borneo umgebracht wurden, wo es leider noch den Brauch gibt, Menschenfleisch zu essen. Wenn es so ist, haben wir einen Heiligen im Paradies . . .«

»Hoffen wir's«, sagte ich und fragte nach der weiblichen Linie unserer Vorfahren:

»Du hast die Frauen vergessen, die fünf Töchter unseres Urgroßvaters.«

»Den Frauen bin ich nicht weiter nachgegangen, weil sich ihre Spur in zu vielen anderen Familien verliert. Was kann ich dir sonst noch sagen? Du kannst dir nicht vorstellen, welche Mühe mich alle diese Nachforschungen gekostet haben. Ich habe sogar herausgefunden, daß Rosarios Sohn eine Tochter oder Nichte Crispis geheiratet hat, aber auch dieser Spur bin ich nicht weiter gefolgt. Von Liborio, wie du ja weißt, stammen dein Vater und meiner ab, zwei weitere Söhne, von denen einer Peppino ist, der in Termini Imerese im Lazarett starb, und außerdem fünf Töchter. Von denen leben jetzt nur noch dein Vater, Tante Concetta und Tante Rosaria.«

In diesem Augenblick kam die Schwägerin herein, um uns zu sagen, daß das Mittagessen aufgetragen sei, und wir gingen in ein anderes Zimmer.

Ich hatte genug von Stammbäumen und fürchtete mich geradezu vor all diesen Toten, die hinter uns zu stehen schienen. Beim Essen beantwortete ich Don Lorenzino ein paar Fragen, und beim Obst, als wir schon vertraulicher wurden, fragte ich ihn nach seinem Leben und nach seinen Gewohnheiten.

»Ich arbeite«, sagte er, »fast den ganzen Tag. Die Kirchenregister sind jetzt, da wir Pfarrer durch das Konkordat Standesbeamte geworden sind, allgemein verbindlich; aber ich will nicht, daß darin eine andere Handschrift als meine erscheint. Darüber hinaus habe ich Gottesdienst, Beichte und Religionsunterricht abzuhalten und das Asyl und die Vereine zu überwachen.

Mir hilft ein junger Mitarbeiter, der für manches gut ist, aber uns fehlt es an ganz anderen Dingen. Nicht zu vergessen, daß ich vor dem Dorf eine kleine Kirche baue, die der Jungfrau Maria geweiht ist. Ich würde sie eigentlich gern noch einsegnen, bevor ich sterbe, aber die Bauarbeiten mußten abgebrochen werden. Zunächst hatte ich ein bißchen Geld von der Provinz bekommen, aber dann nichts mehr.

Über all diesem vernachlässige ich nicht meine Lektüre. Ich lese noch einmal die Bücher aus meiner Jugend und ich finde sie neu und überraschend. In diesen Monaten jetzt habe ich den heiligen Augustinus auf dem Nachttisch liegen. Aber mit noch größerem Vergnügen lese ich von neuem die Schriften des heiligen Franziskus von Sales. Ich verhehle dir nicht, daß mich manche Seiten stark bewegen . . .«

Während er über die Lektüre sprach und mir einige Stellen daraus zitierte, leuchteten seine Augen stärker als bisher und seine Stimme zitterte ein paarmal, wie es einem geschieht, wenn man mit lauter Stimme einen Brief oder irgendeine Nachricht liest und davon gerührt wird. Das hatte nichts mit seinem Alter zu tun, sondern war eine Auswirkung seiner übergroßen Sensibilität, der Bereitschaft seines Geistes, sich in alles hineinzuversetzen. In dieser Eigenschaft fand ich ihn mir sehr ähnlich.

Als dieser Moment vorüber war, fuhr er mit leiserer Stimme fort: »Ich lese abends in meinem Studierzimmer, wenn meine Schwägerin und das Dienstmädchen zu einem Verwandten in der Nähe zum Fernsehen gehen und mich niemand mehr stört. Ich bin so vertieft, daß ich sie nicht einmal wieder heimkommen höre, und manchmal wird es sogar schon wieder hell. So lenke ich mich von traurigen Gedanken und dem täglichen Ärger ab. Nun, gestern hast du davon ja einen Eindruck erhalten . . .«

»Aber du kommst doch nie aus dem Dorf heraus«, unterbrach ich ihn. »Wie, ich komme nicht heraus!« rief er. »Damals, als mein Bruder noch lebte, Donna Costanzas Mann, fuhr ich mit ihnen jedes Jahr nach Neapel. Und wie gern ich Neapel noch einmal vor meinem Tode wiedersähe! Doch Donna Costanza hat dafür keinen Sinn mehr, und recht hat sie. Du weißt, daß sie im vergangenen Monat achtzig geworden ist?«

Ich drückte meine Verwunderung aus, und Don Lorenzino fuhr fort: »Jetzt fahre ich drei- oder viermal im Jahr nach Palermo, wo ich in der Kathedrale Gottesdienste halte. Du weißt, daß ich Domherr bin . . . Öfter begebe ich mich wegen Kirchenangelegenheiten zur Kurie, und keinen Tag vergesse ich, allein oder in Begleitung meines Amtshelfers einen Spaziergang zum Friedhof zu machen, wo ich mir eine Gruft bauen lasse. Eine ziemlich große Gruft aus weißem Marmor. Nicht weil ich eitel wäre, sondern weil man sich des Pfarrers, der die Kirche wieder aufgebaut hat, erinnern soll.«

Er hielt einen Moment inne, um die Stimme wieder zu senken, die manchmal so laut wurde, als hätte er eine zahlreiche Zuhörerschaft vor sich, dann sprach er mit Bitterkeit im Ton weiter:

»Hier hat sich alles geändert, mein lieber Vetter, auch wenn die Häuser und Wege noch immer dieselben sind. Ich weiß nicht, was von all dem, was ich getan, gelehrt und gepredigt habe, bleiben wird. Deshalb baue ich mir diese Gruft: sie wenigstens wird man respektieren, auch wenn sich trotz meiner Unnachgiebigkeit noch viel ändern sollte. Denn ich gehe von meinem Weg nicht ab: so habe ich gelebt und so will ich sterben.«

Ich erlaubte mir zu sagen, daß wie er, auch seine Gegner viel zu wenig nachgiebig seien. So Biagio, der sagte: »Nicht einmal, wenn ich sterbe.« Ich fragte ihn, ob es nicht möglich und außerdem christlich sei, zu einer gegenseitigen Duldung zu kommen.

»Nein, mein Lieber«, antwortete er, »das wäre Betrug. Wir sind hier Bewahrer, auch auf die Gefahr hin, das Schlechte zu bewahren. Die anderen, Biagio und seine Leute, sind für die Veränderung, auch auf die Gefahr hin, das Gute zu verändern.

Aber weißt du, wie das endet? Es kommt dahin, daß das Neue und das Alte aufeinandertreffen, sich bekämpfen und gemeinsam untergehen, und daß aus ihrem Tod das ersteht, was wirklich neu ist und was keiner vorhergesehen oder erträumt hatte.

So ist das. Aber nicht erst seit heute. So ist das schon immer gewesen. Es ist nur unsere menschliche Schwäche, daß wir uns darüber wundern und darunter leiden. Deshalb lese ich den heiligen Augustinus. Weißt du, was der heilige Augustinus sagt?«

»Was sagt er denn?«

»Er sagt vieles . . .«

Ihm war das Zitat entfallen, und um mich es nicht merken zu lassen, goß er mir zu trinken ein:

»Dieser Wein kann dir nicht schlecht bekommen. Das

ist ein Wein, den sie mir aus Serradifalco bringen, für die Heilige Messe.«

Wir gingen wieder in sein Studierzimmer zurück und warteten auf den Kaffee. Als ich mich umsah, bemerkte ich, daß er wenige Bücher hatte, wahrscheinlich nur die seiner Seminar- und Universitätsjahre.

»Ich hatte so viele Bücher«, sagte er zu mir, »aber ich habe fast alle der Gemeindebibliothek übergeben und nur die behalten, die mich interessieren: die Heilige Schrift, ein paar Lebensbeschreibungen von Heiligen und einiges andere.«

Als ich an einem Regal vorbeiging, bemerkte ich drei alte Bücher in schönen Einbänden.

»Das ist ›Die Geschichte des Islam in Sizilien‹ von Michele Amari«, sagte er.

Es war das erstemal, daß ich dieses berühmte Buch zu sehen bekam, und ich hätte es gern durchgeblättert. Aber Don Lorenzino billigte mein Interesse nicht.

»Mein Vorgänger hat es mir hinterlassen«, sagte er, »doch es ist nichts als ein dicker Schinken. Amari war Sizilianer und konnte nur oberflächlich Arabisch; das Werk ist lediglich eine Zusammenfassung alter mohammedanischer Geschichten, die er mit ein paar eigenen Albernheiten ausschmückte. Er imitiert auf lächerliche Weise Machiavelli und die lateinischen Geschichtsschreiber. Ihm zufolge, der den Antiklerikalismus zu seinem Glaubensbekenntnis machte, verkörpern die Araber die Kultur, die Kirche von Rom dagegen Barbarei und Sklaverei.«

»Welcher deiner Vorgänger?« fragte ich und wechselte das Thema, »der, den man erstochen hat?«

»Ja, der.«

»Hat man eigentlich jemals erfahren, wer ihn ermordet hat?«

»Sicher hat man das erfahren! Es war einer unserer Verwandten, der später in Amerika gestorben ist.«

»Haßte der etwa die Priester?«

»Nein. Damit hat das nichts zu tun. Im Gegenteil, er war sehr fromm. Aber er mußte ein Urteil vollstrecken, das unsere Landsleute in Amerika gefällt hatten. Das Los war auf ihn gefallen, und er gehorchte; doch die Gewissensbisse brachten ihn in wenigen Monaten um.«

»Dieser Urteilsspruch war doch aber begründet«, sagte ich. »Dein Vorgänger steckte das Geld, das man ihm aus Amerika schickte, in seine Tasche.«

»So heißt es.«

Das Dienstmädchen, dessen Stimme ich noch gar nicht gehört hatte, brachte den Kaffee.

Ich stellte die leere Tasse auf das Tablett zurück und sagte zu Don Lorenzino:

»Über Sizilien sind in den letzten Jahren viele Bücher geschrieben worden, Essays und Romane, die die Geschichte und die Schicksale dieser Insel, aber auch die Mentalität ihrer Bewohner zu deuten versuchen. Ich lese sie alle aufmerksam, denn für Sizilien und überhaupt für den Süden interessiert man sich in Oberitalien sehr. Ich muß dir sagen, daß ich selbst Amari für wichtig halte, obwohl ich nur eine Auswahl aus einem Werk gelesen habe. Aber natürlich sind die Zeitgenossen den Problemen Siziliens noch näher: Lampedusa, Brancati, Sciascia, Dolci, Aglianò . . .«

»Nicht einmal einen von ihnen habe ich gelesen«,

antwortete er. »Sie interessieren mich nicht. Wer in Sizilien bleibt, wer hier geboren ist und gelebt hat, weiß das alles, und weiß darüber hinaus noch vieles andere, was man nicht in diesen Büchern findet, besonders nicht in denen, die die Sizilianer selbst schrieben. Es gibt Leute, die sind von Beruf Sizilianer, so wie sie auch Apotheker oder Augenarzt sein könnten.

Weißt du, was Euer Glück gewesen ist? Daß zu Euch niemals diese Leute gekommen sind, die alles besser wissen. Statt die Probleme in Büchern zu erläutern, hat man sie bei Euch in der Praxis gelöst, jeder auf seine Rechnung, der einzelne für den einzelnen, eine Familie für die andere.«

Er schwieg einen Augenblick, ohne auf meine Reaktion zu achten, und fuhr dann fort:

»Sizilien ist ein eingebildeter Kranker, der von zu vielen Ärzten behandelt wird. Es wäre zwar einer nötig, das müßte aber ein Wundertäter sein, der sagt: Stehe auf und wandle! Nichts anderes. Die Bücher über Sizilien sind zu nichts nutze. Und auch all die anderen Bücher, die von den Dingen dieser Welt reden, wem dienen sie? Diese Welt kennen wir schon zum Überdruß. Die Bücher, die wir nötig haben, sind die, die von jener anderen Welt sprechen, die wir noch nicht kennen.«

Es war Zeit für den Nachmittagsschlaf, und ich verabschiedete mich. Don Lorenzino umarmte mich an der Haustür, und ich spürte seine Wange an meiner, auf der schon wieder der Bart stach, den man mir am Morgen abrasiert hatte. Zugleich atmete ich den sauberen Geruch einer Sakristei; diesen Geruch nach Kartoffelmehl, Kaffee und Weihrauch, den die Beichtväter meiner Kindheit an sich hatten, den ich später dann so verabscheute und der mir jetzt, an diesem ›jungfräulichen‹ Vetter von fünfundsiebzig Jahren geradezu willkommen war.

Als ich zu Biagios Haus zurückkam, fand ich außer den Verwandten, die immer noch beisammen waren, etwa zehn junge Männer aus der Bauerngenossenschaft vor, die sich bei mir über die Möglichkeiten unterrichten wollten, in den Norden zu übersiedeln. Einer fragte mich nach Brugherio, ein anderer nach Sesto S. Giovanni, nach Mailand oder der Schweiz. Ich nahm sie mit auf den Rundgang zu den Verwandten, bei denen ich mich noch verabschieden mußte, denn ich wollte vor Anbruch der Nacht abfahren.

Jedem gab ich Auskunft, dann gingen sie wieder. Der größte Teil hätte gern als Maurer oder wenigstens als Arbeiter auf einer Baustelle gearbeitet. Nur zwei wollten als Bauern in die Schweiz gehen.

Inzwischen war ich bei Tante Concetta angelangt, und noch immer war ein junger Mann übrig, der sich bemüht hatte, mich als letzter zu sprechen. In einem günstigen Augenblick zog er mich beiseite und fragte, ob es wahr sein, daß die Bordelle in der Lombardei noch genauso gut in Schuß seien wie früher.

Tante Concetta, die nicht mit nach Altapietra gekommen war und mich nur für ein paar Stunden gesehen hatte, nahm an, daß ich wie immer mehrere Wochen zu Besuch bliebe und wollte gar nicht glauben, daß ich abreiste. Sie lief mir mit ihrer Tochter Borina bis zu Biagios Haus nach und zählte mir auf dem kurzen Weg alle ihre Unglücksfälle auf: der erste Sohn starb im großen Krieg, der Mann starb an Kummer nach der ungerechten Haft, die Tochter Angiolina starb vor zwanzig Jahren im Kindbett, ein Schwiegersohn starb in Deutschland, wohin man ihn aus Albanien deportiert hatte, einige kleine Kinder, Kinder ihrer Kinder, starben im zartesten Alter an Krankheiten. Voller Schmerz klagte sie um alle diese Toten, als hätte jemand sie ihr zurückgeben können oder als stürbe sonst niemand, und sie beschimpfte das Schicksal, das sie am Leben hielt.

In Biagios Haus packte ich die Koffer, wobei mir alle zusahen, und lud sie ins Auto.

Gerade als ich mich verabschieden wollte, brachte mir Biagios Frau einen großen Topf Honig. Nach ihr erschien Salvatores Frau mit einem heißen Brot, das eben aus dem Ofen kam und in ein Tuch eingeschlagen war, dann eine andere Verwandte, Isabella, mit einer Flasche Öl, noch eine Verwandte mit einem Korb Eier und ein kleines Mädchen mit einem Säckchen Mandeln.

Ich lud auch die Geschenke ein und umarmte meine Verwandten zum Abschied: zuerst Tante Concetta, als letzten Biagio, der, als er mich losließ, weinte und immer schwerer zu atmen begann. Ich fuhr sofort los, bevor die Rührung überhand nahm, und während ich wendete, sah ich, wie Biagio sich zur Haustür umdrehte, die Arme ausbreitete und rief: »Die Medizin!«

Bei der ersten Kurve sah ich nach unten, um einen letzten Blick auf das Dorf zu werfen, und konnte auf dem kleinen Platz, wo die Straße mündet, das schwarze Grüppchen meiner Verwandten erkennen, aus dem sich ein paar Arme hoben und mir zuwinkten. Ich drückte lange auf die Hupe, streckte einen Arm aus dem Fenster, und da war ich auch schon wieder zwischen den Feldern mit den grauen Steinen, die wie Statuen aus der Erde ragen.

Neuntes Kapitel

Es war fast Nacht, als ich die Burg von Agrigent sich gegen die Abenddämmerung erheben sah.

Am Morgen darauf machte ich einen Spaziergang zu den Tempeln und Grabstätten, und mir schien, als seien meine Verwandten so weit weg wie vor meiner Reise nach Sizilien. Am selben Abend wanderte ich in Selinunt wieder zwischen Tempeln umher.

Ich übernachtete in Trapani und fuhr am folgenden Tag, nachdem ich Erice besucht hatte, auf der Straße nach Palermo.

Das war nicht mehr das Sizilien meines Vaters, sondern das der Touristen, die von Hotel zu Hotel und von Tempel zu Tempel eilen, fotografieren, Ansichtskarten schreiben und mit Andenken in der Tasche wieder wegfahren.

Mittags, als die Sonne senkrecht über meinem Kopf stand, besuchte ich den Tempel in Segesta und ritt auf einem gemieteten Esel zum griechischen Theater hinauf, das auf dem Gipfel eines Berges liegt. Der Eseltreiber wollte kaum glauben, daß ich nach dem Theater fragte, denn nur wenige steigen zu den Ruinen der antiken Stadt auf den Berg, von dem man den Blick auf einen fernen Golf hat.

Mit Aussicht auf das Meer lag das griechische Theater

auf dem Gipfel inmitten einer Steinwüste und leuchtete unter dem blauen Himmel weiß wie Manna. An einer Bucht konnte man zwischen zwei nackten Hügelketten weißschimmernd eine Stadt sehen.

»Castellammare«, sagte der Eseltreiber.

Mir fiel sogleich wieder ein, daß in Castellammare der Baron Pasquale Càccamo wohnte, mein Gefährte bei Feiern und Festen in Cividale di Friuli, wo ich ein paar Jahre meiner Jugend verlebt hatte.

Wieviele Male hatte Càccamo mir nicht von Castellammare erzählt, von der Bucht, seinem Gut und dem Herrenhaus! Ich hätte niemals daran geglaubt, weder an seinen Reichtum, noch daran, daß er Baron sei, wenn er nicht ein altes Auto besessen hätte (eines der wenigen, die es damals gab) dank dem wir ein Jahr lang bei den Friaulern in hohem Ansehen standen.

Pasqualino war nach Cividale gekommen, um die Erbschaft seines Onkels, eines Rechtsanwalts, anzutreten, und war genau ein Jahr geblieben. Dann hatte er sich auf wiederholte Mahnungen hin, die ihn nach Hause riefen, mit seinem alten Auto in Richtung Castellammare auf den Weg gemacht.

Als er abgereist war, verloren wir nach wenigen Briefen den Kontakt. Aber siehe da! plötzlich lag sein Dorf, oder besser seine Stadt vor mir. Ich nahm mir vor, ihn zu besuchen. Und als ich wieder auf der Straße nach Palermo war, bog ich bei der ersten Kreuzung nach Castellammare ab.

In einem Café im Zentrum erkundigte ich mich, wo das Haus der Càccamos sei, und wurde in eine enge, graue Straße gewiesen, die gleich am Marktplatz lag.

Ich läutete, und ein Dienstmädchen ließ mich in ein herrschaftliches Haus ein, das in der Hitze des Nachmittags fast kühl war, weil die Läden geschlossen waren. Ich stieg eine Treppe hinauf, wurde durch dunkle Korridore geführt und mußte schließlich im Dunkeln eines ganz und gar verhängten Salons warten. Nach zehn Minuten trat durch die offene Glastür einer Galerie, die auf einen Garten in einem Innenhof ging, ein junger Mann von ungefähr dreißig Jahren ein, der groß war und etwas gekrümmt ging und einen haselnußfarbenen Pyjama trug.

»Ich suche Baron Pasquale Càccamo«, sagte ich und erhob mich, »ich bin ein alter Freund von ihm«

»Pasquale Càccamo ist mein Onkel«, antwortete der junge Mann, »aber er ist nicht da. Er lebt seit fünfzehn Jahren in Amerika.« Ich erklärte ihm, daß ich ein guter Freund seines Onkels gewesen sei und in Cividale zwischen 1933 und 1934 in enger Verbindung zu ihm gestanden hätte.

»Ja«, sagte der junge Mann, »mein Onkel war in jenen Jahren in Cividale. Er erzählte immer davon. Aber dann heiratete er hier im Ort, tat noch dies und jenes und ging zuletzt, wie ich Ihnen sagte, nach Südamerika.«

Er dachte ein wenig nach, dann holte er ein Fotoalbum und reichte es mir. Ich hielt es auf den Knien und blätterte es langsam durch. Gelegentlich tauchte zwischen den Familienbildern, die mir nichts sagten, das Gesicht Pasqualinos auf, ich zeigte es dem jungen Mann, und der nickte befriedigt.

Ich sah, wie Pasqualino zur ersten Kommunion

gekleidet war, als Schüler und schließlich als Infanterieoffizier. Nach vielen anderen Fotografien, die ihn in Zivil zeigten, fand ich eines, auf dem er in einem weißen Burnus zu sehen war.

»Als er in Äthiopien war«, sagte der Neffe und kam meiner Frage zuvor. Während ich eine Seite nach der anderen umblätterte, fiel mir eine große Fotografie in die Augen, auf der der Billardsaal des Langobardischen Cafés in Cividale abgebildet war. Man konnte auf den Lederbänken acht oder zehn Personen sitzen sehen. Ich erkannte den Grafen Pràmpero wieder, Major Gancia, den Arzt Accordini, Pasquale Càccamo, den Notar Arca und den Kellner Pedereschi. Einer der beiden Spieler – er stand auf den Billardtisch gestützt da, hielt das Queue auf eine Kugel gerichtet, blickte aber auf den Fotografen – war mir unbekannt. Der andere im Vordergrund, der aufrecht stand und den Billardstock neben sich hatte, war ich.

Ich konnte mich nicht an dieses alte Foto erinnern; es gab da ein kleines Loch in meinem Gedächtnis. Aber dieser magere Junge mit dem vielen schwarzen gewellten Haar, mit dem Vatermörder, der dunklen Jacke und den weißen Hosen war tatsächlich ich.

Ich wies Pasqualinos Neffen darauf hin, und er hatte die Freundlichkeit, mich wiederzuerkennen. Er schien nunmehr überzeugt zu sein, daß ich tatsächlich der Freund seines Onkels gewesen war.

Ich gab ihm das Album zurück. Als er es wieder an seinen Platz legte, fragte er, ob ich einen Kaffee wollte.

Er blieb fünf Minuten fort, so daß ich dachte, er käme mit dem Kaffee zurück oder wenigstens angezogen.

Statt dessen kehrte er mit leeren Händen wieder und hatte immer noch den nußbraunen Schlafanzug an, in dessen Tasche ein weißes Tuch steckte. Er machte es sich wieder in dem Sessel bequem und begann, mir Fragen zu stellen, als wäre ich seinetwegen und nicht wegen seines Onkels Pasqualino gekommen:

»Sie wohnen dicht bei der Schweiz, nicht wahr?«

»Ja, sehr dicht.«

»Und Sie fahren oft in die Schweiz?«

»In der Regel einmal die Woche, aber auch öfter.«

»Sie kennen also die geistige Atmosphäre, die Presse, die Gesetze . . .«

»Gewiß.«

»Dann sagen Sie mir bitte: darf man in der Schweiz alles veröffentlichen, was man möchte?«

»Ja, wie in Italien. Es darf natürlich nicht den Staat, das Heer und die Kirche verunglimpfen; und es darf nicht Personen beleidigen. Aber was wollen Sie denn veröffentlichen?«

»Ich nichts. Ich wollte nur wissen, ob jemand, der wichtige Enthüllungen in der Schweiz publizieren möchte, sicher sein darf, nicht identifiziert zu werden.«

»Da genügt es, die Artikel ohne Unterschrift und Begleitschreiben abzuschicken. Es könnte dann doch sein, daß der Redakteur die Tatsachen auch für die Schweiz für interessant genug hält und die Artikel veröffentlicht, so als hätte er sie selber verfaßt.«

»Das ist schon einmal geschehen. Sie wurden nicht veröffentlicht. Es müßte eben jemand mit einem Namen den Grund für die Anonymität erklären und eine gewisse Garantie für die Manuskripte übernehmen.«

»Dann sind wir wieder am Anfang«, antwortete ich, »denn so bleibt ein Anhaltspunkt.«

»Sie haben recht«, schloß er, »so geht's nicht.«

Das Mädchen, das mir die Tür geöffnet hatte, brachte den Kaffee. Als sie gegangen war, fragte ich den jungen Mann, womit er sich beschäftige.

»Mit allem«, erwiderte er, »aber ich gehe nie aus. Ich lebe im Pyjama, wie Sie sehen.«

»Hier«, sagte ich, »sind wir doch in der Gegend von Partinico und Montelepre . . . Ich würde gern Montelepre besuchen.«

»Sie können ja hinfahren«, sagte er verdrossen, »es ist doch nur wenige Kilometer entfernt. Aber es gibt nichts Interessantes zu sehen. Es ist ein armes Dorf wie viele andere. Wenn sie vor einigen Monaten gekommen wären, hätten Sie etwas erleben können, denn da drehten sie einen Film mit all den Statisten, Schauspielern und Regisseuren. Sie haben, wer weiß wie, die Geschichte Giulioanos verfilmt. In den Bergen sind sie auch gewesen, als hätte Giuliano tatsächlich in den Höhlen gelebt.«

»Wie?« fragte ich, »er hielt sich nicht in den Bergen versteckt?«

»Giuliano«, versicherte er, »verbrachte bis zu den Ereignissen von Portella delle Ginestre den Tag in Palermo in einem Café in der Nähe des Teatro Massimo und speiste mit sehr angesehenen Persönlichkeiten zu Mittag. Später lebte er zurückgezogen in den sicheren Häusern seiner Beschützer. Die Häuser waren sicher, aber nicht seine Beschützer, und so wurde er eines Tages in einem dieser Häuser umgebracht.«

Und er sagte mir, wo, wie und von wem.

Ich hatte gelesen, daß auf Giulianos Grabstein harmlose und zugleich pathetische Verse eingemeißelt seien, die der Bandit in einem Augenblick der Klarheit als sein Epitaph hatte niederschreiben lassen; Verse, in denen er sein trauriges Schicksal beklagte. Ich fragte ihn, ob er sie kenne.

»Ich kenne sie nicht, ich weiß nicht einmal, daß es sie gibt«, antwortete er.

Ich zitierte sie ihm:

Arme Träume von Liebe und Glück,
seid im schönsten Augenblick gestorben.
Euch ereilte ein böses Geschick
und wie Vögel im Wald seid ihr gestorben.

»Ich habe sie nie gehört«, bestätigte er noch einmal. »Sie wollen nichts bedeuten. Er hätte wenigstens ›verendet‹ sagen können, statt dessen hat er ›gestorben‹ wiederholt. Er hatte keine Phantasie. Hören Sie sich lieber dieses alte achtzeilige Gedicht aus Montelepre an, diesen Dialog zwischen einem Mann und dem Tod. Wer sie aufschrieb, hat sicher aufmerksam zugehört und den Volkston zu treffen gewußt.

Ich traf eines Tages den Tod und fragte:
Wo sind die römischen Kaiser geblieben?
Wohin sind die tapferen Helden gezogen,
Diese Männer so herrlich und so stark?
Wo sind die Väter, die Alten, die Ahnen?
Sag mir, o Tod, wo ist meine Mutter?
Er sagte: ich hab alle eingeschlossen,
Asche sind sie und warten auf dich.

Während er die feierliche Deklamation schloß:

»Asche sind sie und warten auf dich«, hörte ich etwas ›Brr‹ machen. Ich wandte mich zur Glastür um und sah auf der Galerie eine häßliche Alte vorbeigehen, die schwarze, bis zur Erde reichende Röcke trug. Sie war es, die ›Brr‹ gemacht hatte, ohne auch nur in das Zimmer hineinzusehen. Wie ein Gespenst verschwand sie wieder und machte mit beiden Händen hinter seinem Rücken das Hörnerzeichen.

»Die Großmutter«, sagte der junge Mann gleichgültig. »Pasqualinos Mutter.«

Dann kam er wieder auf Giuliano zurück und fuhr fort:

»Giuliano war ein Dummkopf wie Garibaldi, eine Puppe, die von oben bewegt wurde. Wenn alles nach Plan verlaufen wäre, hätte er Garibaldis Zug von Palermo nach Rom wiederholt. In Rom wäre er auf den getroffen, dem er das Reich geschenkt hätte, und dafür hätte er sich irgendeine Insel genommen, die diesmal nicht Caprera, sondern zum Beispiel Ponza hieß. Oder sie hätten ihm auch eine Tasse Kaffee angeboten . . . . Dann freilich hätten sie ihm etwas Großartiges auf sein Grab geschrieben. Von den Inschriften in Montelepre kenne ich indessen nur die am Friedhofseingang, die ungefähr lautet: ›Wir waren wie Ihr, Ihr werdet sein wie wir.‹ Eine schöne Neuigkeit!«

»Aber man kann jedenfalls«, fragte ich nochmals, »ruhig nach Montelepre fahren?«

»Sicher. Daran ist nichts Gefährliches. Überfälle kommen nicht mehr vor, jetzt herrschen Sicherheit und Ruhe, denn die Banden sind untereinander einig und haben die Situation in der Hand, die öffentliche Ordnung einbegriffen. Wenn, was fast alle Tage geschieht, einer umgebracht wird, ist es immer einer von der Mafia: Streitigkeiten um die innere Ordnung.«

»Dann ist die Mafia aktiver denn je«, bemerkte ich, »und Leonardo Sciascia sagt in seinem Buch über die Mafia die Wahrheit.«

»Dieses Buch habe ich nicht gelesen«, antwortete er. »Ich lese nur die Apokalypse des Johannes; aber die Mafia lebt, sie hat immer gelebt und wird auch immer leben.«

Er sprach langsam und mit Mühe, sein Gesicht war unbeweglich, und er redete mehr mit sich selbst als mit mir.

»Die Mafia«, fuhr er fort, »auch wenn es diesen schönen Namen erst seit hundert Jahren gibt, wurde geboren, als die Menschen anfingen, ihre Artgenossen zu tyrannisieren: also in der primitiven Gesellschaft. Und sie wird solange existieren, wie die Menschen nicht wahrhaft frei sind. Die Mafia ist eine der negativen Kräfte der Erde, und sie hat ihre Hände im Spiel, wo immer auch Menschen zu erpressen sind.«

Hier ging der junge Mann auf genaue Informationen über die Mafia ein, nannte Namen, erzählte Begebenheiten und stellte hartnäckige Theorien auf. Es wurde ein langes Gespräch.

Ich hätte noch manche Frage stellen und um einige Erklärungen bitten wollen, aber der junge Mann ließ mich nicht zu Wort kommen und redete rasch weiter. Als er mit seinen Enthüllungen zum Schluß kam, wechselte er zu Zitaten über:

»Als Franchetti mit Sonnino im Jahr 1876 nach Sizilien kam, stieß auch er auf die Mafia und bemerkte, daß sie eine Industrie sei: ›die Industrie von Gewalt und Verbrechen‹, und er gab eine Definition von ihr, die wie ein geometrischer Lehrsatz klingt: ›Eine Vereinigung von Menschen jeder Art, aus jeder Gesellschaftsschicht und jedem Beruf, die, ohne einen sichtbaren, ständigen und regelrechten Zusammenhang zu haben, sich immer wieder zusammenfinden, um ihre gegenseitigen Interessen ohne Rücksicht auf Gesetz, Recht oder öffentliche Ordnung durchzusetzen.‹

Aber wollen Sie auch hören, wie die Mafia endete? Das kann man einem Lexikon entnehmen, das 1936 in Turin erschien: ›Der ernsthaften und systematischen Säuberung und der Steigerung des Erziehungsniveaus im Volk durch die faschistische Regierung ist es zu verdanken, daß dieses traurige Überbleibsel längst vergangener Zeiten rasch ausgelöscht wurde.‹

Also schon seit 1936 ausgelöscht!

Die Definition von Franchetti gilt alles in allem, aber sie gilt für jede beliebige Verbrecherbande, für jeden Ort und jede Zeit: die Mafia ist etwas Komplexeres, das aus seiner Asche immer wieder neu ersteht. Und rasch werden wieder irgendwelche Leute sagen, daß das traurige Überbleibsel längst vergangener Zeiten abermals ausgelöscht worden ist.«

»Aber der Chef der Mafia«, konnte ich endlich fragen, »gibt es denn einen Chef?«

Er nannte mir dessen Namen und Vornamen. Besorgt über seinen Mut versuchte ich das Gespräch wieder auf die Mafia im allgemeinen zurückzulenken, über die er kurz vorher so originelle Ansichten geäußert hatte, wie ich ihnen noch nie in all den Büchern über dieses Phänomen begegnet war. Er nahm sofort den Gedanken auf und gelangte schließlich zu einem Überblick über die gesamte Weltpolitik. Als er sah, daß ich ihm aufmerksam folgte, streckte er sich in dem Sessel aus, hob einen Arm, wies mit dem Zeigefinger zur Zimmerdecke und verkündete: »Einstein und Fermi verdanken wir, daß wir in einer Zeit des Friedens leben. Sie, die Schlüssel und Kette hatten, haben sich ihrer bedient, um Satan anzuketten.«

»Welchen Schlüssel, welche Kette?«

»Da sieht man, daß Sie nicht die Apokalypse des Johannes kennen, und noch weniger die Interpretation, die Newton von der Apokalypse gegeben hat. Aber das ist nicht Ihre Schuld. Keiner liest heute die Apokalypse; und Newtons Interpretation ist nie gedruckt worden. Jedenfalls genügt es, das Neue Testament aufzuschlagen. In der Apokalypse des Johannes heißt es: ›Und er ergriff den Drachen, die alte Schlange, die der Teufel und der Satan ist, und legte ihn auf tausend Jahre in Fesseln.‹ Unter Satan verstehen wir auch die Teufel, die seine Geschöpfe sind. Dieselben, die aus den verschiedenen ›Mafien‹ hervorgegangen sind und sich über die Menschen erhoben haben, die gern den Krieg möchten und das Böse, das daraus entsteht, nur um ihre Macht und die ihrer Komplizen zu erweitern. Aber Einstein und Fermi haben jetzt Entdeckungen gemacht, die auch die Teufel vernichten können, und so ist Satan auf tausend Jahre in Fesseln gelegt. Aus diesen tausend Jahren, und die werden kaum reichen, müssen die Menschen Nutzen ziehen, um auf dem Weg über eine lange

Erziehung wirklich frei zu werden! ›Kinder, es ist die letzte Stunde‹, sagt der Apostel Johannes in seinem ersten Brief.«

Meinem Gesicht entnahm der Neffe Pasquale Càccamos, daß er zuviel geredet hatte und möglicherweise mit einem Phantasten verwechselt wurde, mit einem dieser Einzelgänger, die sich irgendeines allgemeinen Grundsatzes bemächtigen und aus ihm die unwahrscheinlichsten Folgerungen ziehen.

Ich fragte mich, ob die Enthüllungen, die er in der Schweiz veröffentlichen wollte, wohl die Namen und Untaten der Mafia enthielten oder seine Interpretationen der Apokalypse und die Mahnungen, die er an die Menschheit richten wollte.

Der junge Mann argwöhnte wahrscheinlich, daß ich ihn mit meinen Fragen und mit gespieltem Erstaunen dazu habe bringen wollen, Dinge zu äußern, die er bisher nur gedacht hatte, und gab mir, indem er sich erhob, zu verstehen, daß er mich loswerden wolle.

Ich ließ mir, mehr um ihn abzulenken, als aus einem anderen Grund, die Adresse seines Onkels in Amerika geben und ging, ohne ihm meine eigene dazulassen.

Auf dem Korridor begegnete ich der Großmutter, Pasqualinos Mutter. Sie kam mir langsam wie ein Leichenwagen entgegen und füllte mit ihrem gewaltigen Umfang den ganzen Durchgang aus. Mit aufgerissenen Augen und hochgezogenen Brauen schaute sie mich an, als wolle sie mir etwas zu verstehen geben, und kaum hatte sie bemerkt, daß der Neffe wieder in den Salon zurückgegangen war, gab sie mir mit der Hand ein Zeichen, daß er verrückt sei. Oder aber ihre Geste war ein kleiner Wink, ein Gruß an den Freund ihres Sohnes, dessen Worte sie sicherlich hinter einem Vorhang oder durch einen Spalt mitgehört hatte. Hinter ihr tauchte das Dienstmädchen auf, das mich lächelnd zum Ausgang führte, indem es mir winkte, ihm zu folgen. Ich stieg hinter ihr die Treppe hinunter, aber auf der letzten Stufe vor der Tür, die zur Straße führt, drehte sich das Mädchen, statt den Türflügel zu öffnen, zu mir um und sagte flüsternd: »Wollen Sie Don Pasqualino sehen?«

»Welchen Don Pasqualino? Don Pasqualino ist in Amerika. Hier habe ich seine Adresse . . .«

»Er ist nicht in Amerika«, sagte das Mädchen und winkte ab, »er ist niemals nach Amerika gegangen. Er ist hier.«

Und sie zeigte mir die Kellertreppe.

»Wollen Sie ihn sehen?«

Ich nickte. »Ja«, und das Mädchen ging zu der Treppe, die nach unten führte. Ich folgte ihr durch verschiedene dunkle Gänge und fragte mich, was wohl Pasqualinos Neffe sagen würde, wenn er mich mit dem jungen Dienstmädchen im Keller entdeckte. Der Keller lag zur Straße hin unter der Erde, hatte aber auf der anderen Seite große vergitterte Fensteröffnungen, die auf einen Garten in einem Innenhof sahen, der noch tiefer lag und in dem viele Orangen- und Mandarinenbäumchen grünten. Ich ging dem Mädchen nach, kam an drei oder vier dieser Fenster vorüber und blieb schließlich vor einem großen Raum stehen, der auch zum Korridor hin ein Eisengitter hatte und durch einen Gang mit dem Garten verbunden war. Das Mädchen war vor mir stehen geblieben und schaute schweigend nach drinnen.

Über ihre Schultern hinweg sah ich im Dämmerlicht, das aus dem Garten kam, eine komplett eingerichtete Tischlerwerkstatt voller Geräte, die in der Mitte von einer großen, runden Scheibe ausgefüllt wurde, deren Durchmesser mehrere Meter betrug. Im Hintergrund arbeitete mit dem Rücken zu uns ein Mann an einem Tisch, der mit Zeichnungen bedeckt war. Es schien, als messe er etwas aufmerksam ab.

Das Mädchen drehte sich um, blickte mich von unten herauf an und flüsterte mir zu:

»Das ist Don Pasqualino. Er baut eine fliegende Untertasse.« Und sie bewegte ihre Hand vor der Stirn hin und her als Zeichen dafür, daß er wahnsinnig sei.

»Sie brauchen keine Angst zu haben«, sagte sie, »er ist ja eingesperrt.«

In diesem Augenblick drehte sich der Mann um, als habe er die Geste des Mädchens gesehen, das sofort weglief und mich allein ließ. Ich wäre ihr, ohne einen Moment zu warten, gefolgt, hätte ich nicht entdeckt, daß Don Pasquales Augen starr auf mich gerichtet waren.

Den Blick fest auf mich gerichtet, kam er bis zum Gitter heran und hielt einen langen eisernen Zirkel in der Hand. Ich ging gut einen Meter zurück, ohne etwas zu sagen und wartete, ob er mich erkennen würde.

»Wer bist du?« fragte er leise.

Ich nannte ihm Namen und Vornamen.

Nichts verriet, daß er verstanden habe. Also flüsterte ich ihm zu: »Cividale, Cividale. Erinnerst du dich an Cividale? An Franca? An Alba? Wenn wir nachts zu Faedis gingen? An den Notar Arca? An den Grafen Pràmpero?«

Er drehte den Zirkel in den Händen und sagte nichts. Ich war fast der Meinung, es handle sich nicht um Pasquale Càccamo, sondern um einen seiner Brüder, der älter und häßlicher war. Derselbe Blick, dieselbe klare, gewölbte Stirn, die zwei Falten an der Nasenwurzel und die Unterlippe, die ein wenig vorsprang; sein Gesicht wirkte übermüdet, und sein Körper schlaff und hilflos; etwas nicht Faßbares, Entleertes lebte in seinen Kleidern, so daß ich mehr eine Geistererscheinung vor mir zu haben glaubte als einen lebenden Menschen. Ich war so betroffen, daß ich ihn, ohne nachzudenken, fragte:

»Bist du lebendig oder tot?«

»Tot«, erwiderte er, indem er nur die Lippen bewegte.

Auf dem Grund seiner Augen glaubte ich ein schlaues Lächeln zu bemerken, wie wenn Pasqualino mich erkannt hätte, mir aber nicht traute.

Ich fühlte, wie jemand an meiner Jacke zog. Es war das Dienstmädchen, das sagte:

»Schnell, schnell, man geht in den Garten hinunter!«

Eilends lief ich ihr durch die Gänge nach, die Treppe hinauf bis zur Tür, die auf die Straße ging und die sie öffnete, fast ohne mir Zeit zu lassen hinauszuschlüpfen, und die sie sogleich ohne das geringste Geräusch wieder hinter mir schloß.

Ich setzte mich in ein Café an der Piazza und ging die Geschehnisse noch einmal durch, um zu versuchen, etwas von dem, was ich gesehen und gehört hatte, zu verstehen. Ich dachte an die Geste der Großmutter: Hatte sie mir sagen wollen, daß der Neffe wahnsinnig sei oder daß Pasqualino wahnsinnig sei? Oder alle in diesem Haus?

Ich rief den Kellner. Die Tische ringsum waren leer und man konnte reden.

»Die Càccamos«, fragte ich ihn, »kennen Sie sie? Den Baron Càccamo, den Verrückten?«

»Welchen Verrückten? Welchen Càccamo? Welchen Baron?« antwortete er.

Ich nannte ihm die Straße, in der ich kurz vorher gewesen war, aber der Kellner preßte die Lippen zusammen und hob die Schultern.

»Càccamos«, sagte er, »gibt's in dieser Stadt. Aber Verrückte kenne ich keine.«

Ich zahlte das Bier und fuhr zurück nach Palermo.

Zehntes Kapitel

Gegen Abend erreichte ich von Monreale kommend Palermo. Ich nahm mir ein Zimmer in einem Hotel im Zentrum und sah mir ein paar Tage lang die Sehenswürdigkeiten der Stadt an.

Von Palermo fuhr ich auf der nördlichen Sikulerstraße, die nach Messina führt, durch Bagherìa und dann durch Termini Imerese, wo mein Onkel Peppino an der Cholera gestorben war.

Mein Vater hatte mir mehrmals die Geschichte meines Onkels erzählt, der zu Pferde von Palermo bis kurz vor Termini Imerese gekommen war und den kürzeren Weg nach Roccalimata einschlagen wollte. An der Stadtgrenze von Termini wachte die Bürgerwehr, um die Fremden daran zu hindern, den Ort zu betreten, und mein Onkel wurde festgehalten. Es hatte gar keinen Zweck zu erklären, er habe gar nicht die Absicht gehabt, die Stadt zu betreten: außerdem war er noch so unklug hinzuzufügen, daß er aus Palermo komme, wo die Cholera wütete. Mit Gewalt wurde er ins Lazarett gebracht, dort steckte er sich dann an und starb.

Hinter Termini erblickte ich die Berge, die sich dicht an den äußeren Wohnbezirken der Stadt erheben, wo die Straße nach Roccalimata beginnt, die mein Onkel hatte entlangreiten wollen. In ein paar Stunden hätte ich wieder das Dorf meines Vaters erreichen können.

Ich hielt an und sah auf die Berge, da fiel mir Vetter Biagio wieder ein. Ich sah ihn vor mir, abseits von den anderen, wie er den Arm hob und mich grüßte, wie er weinte und sich mir zuwandte, damit seine Familie nicht seine Erschütterung bemerkte.

Schnell war ich aufgebrochen, um die Abschiedsszene nicht noch zu verlängern. Ich hatte diesen Augenblick abgekürzt, der mir jetzt von der ganzen Zeit, die ich in Roccalimata verbracht hatte, das Kostbarste schien.

Auf der Fahrt von Trapani nach Palermo hatte ich noch einmal über die wenigen Worte nachgedacht, die Biagio zu mir gesprochen hatte, und mir noch einmal klar seine Veränderung und seine Abkehr von der Vergangenheit vor Augen geführt. In meiner Erinnerung war er so jung wie zu jener Zeit als er aus dem Gefängnis von Campobasso ausbrach, in das man ihn während der Amtszeit des Präfekten Mori mit seinem Vater eingesperrt hatte, und als er zu uns an den Lago Maggiore gekommen war. Er blieb bei uns versteckt, bis er erfuhr, daß sein Ausbruch und die Flucht mit Sicherheit zur Folge hätte, daß sein Vater verurteilt würde, während er, wenn er sich stellte, auf einen Freispruch für sie beide hoffen konnte. Er fuhr sofort nach Campobasso zurück, stellte sich und verzichtete so, nach Amerika zu gehen, wie er es sich vorgenommen hatte.

Ich dachte an sein Leben als Bauer, an die vierzigjährigen Mühen und Plagen und an sein Asthma, das ihn zwar vom Arbeiten befreit, aber auch die Luft genommen hatte. Ich prüfte die Gründe für seine letzte Entscheidung, und mir schien, als habe er sich, als er mir sagte: »Jetzt fühle ich mich frei!« zum zweiten Mal richtig frei gefühlt, wie nach seiner Flucht aus dem Gefängnis von Campobasso.

Nun war ich nach so langer Zeit ein paar Tage bei ihm gewesen, hatte ihn von dieser großen Neuigkeit in seinem Leben berichten hören und war nicht fähig gewesen, ihm irgend etwas zu sagen. Mit meinem Schweigen hatte ich weder zugestimmt noch widersprochen: ich hatte ihn vor dem Rätsel alleingelassen, das dieser zugleich klare und dunkle Satz: »Demütig mit dem Gesicht am Boden« enthielt, der mir noch wie ein Schuldspruch in den Ohren klang.

Ich entschloß mich zu wenden und auf die Berge zuzufahren, um mich noch einmal und herzlicher von Biagio zu verabschieden und ihm zu sagen, daß ich seine Freiheit verstünde, auch wenn sie ein Traum sei. Aber nach wenigen Metern fragte ich mich, womit ich meine Rückkehr hätte rechtfertigen sollen, und darüber hinaus, welche Worte ich für ein Gespräch gefunden hätte, das mir selbst nicht einmal klar war.

Ich steuerte wieder aufs Meer zu, fuhr auf die Küstenstraße und sah wenig später die Burg von Cefalù auftauchen.

Jetzt dachte ich nicht mehr an Vetter Biagio, sondern an Sizilien im allgemeinen, an das Sizilien meines Vaters und das von immer. Obwohl ich nur wenig gesehen hatte, konnte ich sagen, ich war in die Tiefe bis zum Grund gestiegen: ich hatte die Lebenden sprechen hören und mir schien, ich hatte auch die Toten vernommen, indem ich den Finger in den Mund der Toten gelegt hatte.

Die schöne Vorstellung, die ich mir aus den Erzählungen meines Vaters von Land und Leuten gemacht hatte, war nun zum Unglück den Eindrücken gewichen, die mir noch nachgingen, als ich mit dem Blick schon das Ende der Insel suchte, den ersten Schatten des Festlands, das ich wie auf der Flucht durchfuhr.

Inhalt